智慧公主马小岚纯美爱藏本 7

守护宝藏的公主

shouhu baozang de gongzhu

马翠萝 著

化学工业出版社
·北京·

图书在版编目(CIP)数据

守护宝藏的公主/马翠萝著. —北京：化学工业出版社，2015.9（2019.4重印）
（智慧公主马小岚纯美爱藏本）
ISBN 978-7-122-24789-6

Ⅰ. ①守… Ⅱ. ①马… Ⅲ. ①儿童文学-中篇小说-中国-当代 Ⅳ. ①I287.5

中国版本图书馆CIP数据核字(2015)第176353号

原版书名：公主传奇　守护宝藏的公主　原版作者：马翠萝
ISBN 978-962-08-5158-2
本书为新雅文化事业有限公司授权化学工业出版社在中国内地出版中文简体字版本，仅限于在中国内地（不包括香港、澳门及台湾）发行销售。未经许可，不得以任何方式复制或抄袭本书的任何部分，违者必究。
© 2012 Sun Ya Publications (HK) Ltd.

北京市版权局著作权合同登记号：01-2012-2903

责任编辑：李雅宁　　　　　　　　责任校对：陈　静

出版发行：化学工业出版社（北京市东城区青年湖南街13号　邮政编码100011）
印　　装：大厂聚鑫印刷有限责任公司
880mm×1230mm 1/32　印张 6½　2019年4月北京第1版第8次印刷

购书咨询：010-64518888　　　　　　　售后服务：010-64518899
网　　址：http://www.cip.com.cn
凡购买本书，如有缺损质量问题，本社销售中心负责调换。

定　　价：16.80元　　　　　　　　　　　　版权所有　　违者必究

目 录

第1章　让劫匪举手投降　　　　　　5

第2章　敦煌故事　　　　　　　　　14

第3章　罪人的后代　　　　　　　　20

第4章　千年前的壁画　　　　　　　27

第5章　今夜十星连珠　　　　　　　37

第6章　天上掉下来的小仙女　　　　44

第7章　峰回路转　　　　　　　　　55

第8章　宋代的万卡哥哥　　　　　　68

第9章　"黑夜女侠"夜探千佛寺　　78

第 10 章	三个臭皮匠	86
第 11 章	请在一千年后收信	92
第 12 章	录音笔退敌	101
第 13 章	李翰之死	111
第 14 章	时空器奇迹出现	124
第 15 章	穿越另一时空	132
第 16 章	寻找王道士	143
第 17 章	护宝大同盟	151
第 18 章	保护藏经洞	159
第 19 章	马小岚大战史提芬	168
第 20 章	双子坟的秘密	185
第 21 章	惊天大发现	194
尾声		204

第1章
让劫匪举手投降

甘肃敦煌,举世闻名的莫高窟。

广场上,一场盛大的庆典即将举行。

这天是敦煌研究院成立的日子,几百名热爱敦煌文化的年轻人济济一堂,他们怀着兴奋的心情,准备在未来的日子里努力学习和研究敦煌艺术,承前启后,为发扬光大这一文化瑰宝而作出贡献。

参加庆典的还有二十多名嘉宾,他们全是来自世界各地的著名学者。看,我们小说主人公马小岚的养父养母——中国著名考古学家马仲元、赵敏夫妇也在其中呢!

一架画着奏乐飞天的大屏风前面,摆放着蒙上红绒布

的讲台，仪态万千的女主持走到讲台前，宣布恭请主礼嘉宾、敦煌研究院院长倪文轩主持庆典。

身形高大，甚具学者风范的倪文轩笑容满面地走到讲台上，这时，四名头戴古代大头娃娃面具、手执大串气球的人也悄悄从屏风后面走了出来，分别站在倪文轩两边。这是为庆典准备的仪式之一，只等倪院长一宣布庆典开始，他们就放开手中氢气球，让它们飞向蔚蓝色的天空。

倪文轩站定，微笑着扫视了一下会场，然后大声说："我宣布，敦煌研究院成立庆典，现在开始！"

五彩缤纷的气球飞向天空，会场响起一片热烈的掌声。

突然，令人意想不到的事情发生了。

那四个"大头娃娃"把面具一揭，露出四张陌生的、凶恶的脸，他们迅速从身上掏出手枪。其中一个瘦高个子，用枪顶住了倪文轩的太阳穴。其他三个人，则把枪对准参加庆典的人们。

可恶的匪徒！真不知道他们用了什么办法，替换了扮大头娃娃的工作人员，混进会场作案。

在场的人一片骚动，有几个人想向匪徒冲过去。

"谁也不许动，谁动我就打死他！"瘦高个匪徒恶狠狠地用枪顶着倪文轩的背。

会场上立刻鸦雀无声,人们对匪徒怒目而视,但又不敢有所行动。匪徒手里拿着枪,他们占了上风,要是惹怒了他们,这些没人性的匪徒可能真的会开枪,那倪文轩就危险了。

倪文轩定了定神,说:"你们究竟想干什么?"

那瘦高个看样子是领头的人,他从口袋里拿出一张照片,粗声粗气地说:"我要这幅壁画。"

倪文轩看了一眼,立刻大吃一惊,这不是《天外飞仙》吗?

数月前,研究人员在莫高窟第一百零一洞做修复工作时,发现了一个"洞中洞",那洞面积很小,洞里空荡荡的,只是迎面有一幅壁画。当人们上前细看那幅壁画时,都不禁瞠目结舌——壁画的落款分明写着画于宋代仁宗年间,但那壁画却完好无缺,再看,画面色彩鲜艳亮丽,犹如刚画上去一样。

研究人员全都欣喜若狂。其他壁画,莫说是宋代那么遥远,就算近至明清年代的,都已纷纷出现剥落、褪色现象。

为什么这一幅却能保存下来?

大家都认为这是一幅异常珍贵、极有研究价值的壁画,所以已经将它严密保护起来,除了倪文轩和几名研究人员,谁都不许接近。

这样一幅珍贵的壁画,怎能交给匪徒!

倪文轩决心用生命去保护这珍贵文物。他摇摇头,表示坚决拒绝匪徒的要求。

瘦高个匪徒用冷冰冰的枪管狠狠地戳了他一下,痛得他咧了一下嘴,可是他一点也没有松口。这位扎根敦煌三十多年,穷一生精力去研究敦煌文化的老学者,已经视死如归了。

"再不答应,我就开枪了!"匪徒气急败坏地吼道。

在场所有人都捏了一把汗。正在危急关头,忽闻一阵淡淡的香风袭来。

这令所有人都不自觉地用眼睛去搜寻香气来源。

香气来自半空中。人们惊讶地看到,在那香气弥漫、云雾掩映中有一位美丽的小仙女,只见她身穿一袭白色衣裙,拖一条长长的白色飘带,双手托着一朵白莲花,冉冉而下。

小仙女站定,直视着瘦高个匪徒,一双美丽的眼睛不怒而威。瘦高个匪徒看着小仙女,不知怎的,竟目瞪口

呆、全身僵直,像被施了定身法一样。

小仙女一手托着莲花,一手指向瘦高个匪徒,喊道:"贼人休得作孽,快放下屠刀,回头是岸!"

瘦高个匪徒把枪一扔,跪在地上猛磕头,一边磕头还一边叫:"仙女饶命!仙女饶命!"

其他匪徒见了,也慌忙学着瘦高个的样子,纷纷扔掉手枪,跪在地上求饶。

在场的几个保安趁机一拥而上,把匪徒全部抓住了。

瘦高个匪徒被绑着,嘴里仍不住地叫着:"仙女饶命!仙女饶命!我错了,我有罪!"

这情景,比刚才匪徒突袭还要令人震撼,现场所有人都被眼前戏剧性的一幕弄糊涂了,惊愕地想莫非这世界真有仙女不成?

只有马仲元夫妇满脸笑容,迎向小仙女,赵敏还叫了一声:"小岚!"

没错,那位从天而降的小仙女,正是赶来看望养父母的乌莎努尔公国公主马小岚。

小岚看见养父母,马上乐得像一匹撒着欢儿的小马驹,拔腿就向马仲元和赵敏奔去,一边跑还一边开心地叫

着:"爸爸!妈妈!"

赵敏张开双手,把女儿揽进怀里,久未见面的母女俩抱作一团。赵敏惊喜万分:"小岚,小岚,你出现得太及时了!"

马仲元也走了过来,他脸上尽是满泻的慈爱,笑道:"小岚,你演的是哪出戏,竟然把匪徒吓成这样。"

"爸爸!"小岚撒娇地投进父亲怀抱,还在父亲脸上亲了一下。

赵敏笑着说:"你呀,真是神出鬼没!昨天等了你一天没等着,还以为你不来了。谁知道今天你又突然冒出来,还打扮成这样。"

小岚笑嘻嘻地说:"我从乌莎努尔坐飞机,昨天傍晚已经到了敦煌。但当时天气不怎么好,向导怕半路遇上沙尘暴,便让我先在城里住一晚,等天亮了才赶来。半路上遇到这次活动的助理统筹小高叔叔,他说等会儿有个'天外飞仙'向主礼嘉宾献花的环节,但扮演小仙女的女演员临时有事不能来,让我客串一下。结果,我一来到就被拉去化妆间了,接着又被他们用吊臂吊上了半空……"

这时候,许多人围上来了。大家都想看看这个美丽神奇的小女孩,究竟有什么惊天法术,竟然吓得匪徒马上主

动缴械。

倪文轩拨开人群走到小岚面前,他一声不吭、愣愣地盯着小岚看。

马仲元伸手拍拍他的肩膀,笑道:"我说倪老,你干吗老盯着我女儿看。"

倪文轩没理他,只是喃喃地说:"像,太像了!"

马仲元拉拉他,说:"倪老,你说我女儿像谁?"

"哦,对不起对不起!"倪文轩发现自己失态,有点不好意思。

"伯伯您好,我是马小岚。"乖巧的小岚忙来解围,她很有礼貌地跟倪文轩自我介绍,然后钦佩地说,"伯伯,您刚才好勇敢啊!匪徒用枪对着您脑袋,您连眉头都不皱一下。"

"敦煌的每一样东西都是我的命根子,现在匪徒想夺走的是整个莫高窟最珍贵的东西,我当然死也要保住了!"倪文轩脸上满是慈祥的笑容,他又说,"小岚,谢谢你救了我!"

小岚说:"伯伯别客气。其实我也是误打误撞替您解了围。我们在屏风后面忙碌着,根本不知道前面发生了什么事。当我被吊臂吊着缓缓下降时,才发现会场有突发事

件。我急中生智,就来个以假乱真,利用自己的打扮及烟火效果,吓唬匪徒,没想到还真的把他们蒙住了。"

倪文轩哈哈笑道:"没那么简单。匪徒之所以害怕你,是另有原因呢!说真的,就是我,乍一看,也被你吓着了!"

"是吗?"小岚马上来了兴趣,"哇,有趣有趣!伯伯,您现在就告诉我原因好吗!"

"真是个性急的小丫头!"倪文轩笑着说,"刚才的庆典被匪徒打断了,现在还得继续下去呢。庆典结束以后,我再告诉你原因。"

"好,一言为定!"

看着倪伯伯的身影,小岚拉拉爸爸的衣服:"倪伯伯对莫高窟的感情好深啊!"

马仲元感叹地说:"如果你了解了莫高窟的历史,莫高窟的珍贵,莫高窟的屈辱,你也会珍惜她,愿意为她献身的。"

赵敏搂着女儿,说:"倪院长等会儿有一个讲话,是介绍莫高窟历史的,你可以一块儿听听。"

小岚高兴地说:"太好了!其实我这次来敦煌,除了看望你们,还想好好地看看莫高窟,了解了解莫高窟呢!"

第2章
敦煌故事

随着倪文轩充满感情的声音,小岚听到了一个动人的敦煌传说——

一千六百多年前,有和尚师徒三人,他们不畏艰险,往西天寻找极乐世界。一天傍晚,走到此地附近,师父吩咐停下来留宿一晚。他又命两个徒弟一人往东,一人往西,出去化缘找点吃的。

向西的和尚法名乐樽,他走呀走呀,走到一处风景优美的地方。只见茫茫大漠上,有一条小溪潺潺流过,溪北是戈壁无边,黄沙飞扬,寸草不生,十分荒凉;溪南是一条延绵无尽的低矮山脉,山脚下树木成荫,绿草茵茵,百

鸟争鸣,生机勃勃。

乐樽正在惊讶时,突然见到溪南的山脉射出万道霞光,赤橙黄绿青蓝紫,绚丽异常。霞光一阵又一阵,照得天际流光溢彩,照得云朵五彩缤纷,照得大漠瑞气升腾。

乐樽是一名悟性极高的僧人,他马上想到,这里必定是佛教圣地。他心里兴奋,平静的出家人之心也按捺不住,不禁大声欢呼起来。

接着,他又飞奔回到师父跟前,兴奋地高呼:"师父,找到了!找到了!"

师父心内明白,也不问他找到什么,便郑重地说:"那你就留下来吧。"

乐樽心领神会,一个人留在大漠上。他不负师父所托,不久,第一个洞窟便在发光山脉的山坡上诞生了,很快又有了第二个、第三个……乐樽努力地去化缘建窟,造神供佛,将自己的毕生理想全都融入到大漠上这个山脉之中、洞窟之内。

乐樽的奇遇广为传播,乐樽的佛洞远近闻名,人们纷纷前来观摩朝拜,其中不乏出钱、出力、出策者,使佛洞规模越发宏大。

乐樽去世之后,筑窟之风更是经久不衰,高峰时,洞

窟多达一千多个。至今历一千六百余年，期间虽经时光磨砺，战乱摧残，但仍保存有完整的洞窟四百九十二个，里面珍藏着历史壁画四万五千多平方米，彩塑两千四百多身，还有唐宋木构建筑五座，是世界现存规模最宏大、保存最完整的集佛教艺术、建筑、彩塑、壁画之大成的旷世奇葩。

悠悠一千六百多年，期间莫高窟经历了许多沧桑变迁，留下无数美丽传说，也留下了许多伤心往事。

北宋时期，莫高窟曾经历一场劫难。那是1035年，西夏王李元昊率领的定难军兵临敦煌城下。李元昊出兵美其名曰"保护敦煌"，实则是为抢夺收藏于莫高窟千佛寺内的金字大藏经，还有许多珍贵书画。据说，那金字大藏经为皇帝所赐，用金、玉制成的纸，由最出色的书法家抄上经文，珍贵无比。

僧侣们不想让寺内珍藏被抢夺，便赶在城破之前，秘密挖了两个洞窟，把包括金字大藏经在内的珍贵物品藏进洞内。

之后战争连年，知道藏经洞位置的僧人们或者死于战争，或者远走他乡避难，再也没有回来。总之，再也没有人知晓藏经洞的所在，无数珍藏就这样在沙漠干燥的空气

中静静地躺了许多许多年。

1900年6月22日,一个名叫王圆箓的道士在莫高窟清理积沙时,很偶然地发现了震惊世界的第一藏经洞。这真是一个让中国人感情复杂的日子,满满一洞的古物,终于重见天日,再次证明中华文化的博大精深、瑰丽多彩和海纳百川。但同时,中国近代史上最集中、数量最大、损失最严重的文物流失灾难便也拉开了序幕。中国的荣耀与耻辱,在这个洞穴中吞吐。外国探险者闻风而来,他们以小小的恩惠,从王圆箓手中买走了一箱又一箱价值连城的藏经洞文物,或者公然抢掠,夺去了莫高窟内无数精美的壁画和雕塑。

据目前世界各地已公布的数字统计,流失国外的敦煌文物,总计数量在藏经洞文物中占三分之二以上。当中国学者研究自己国家的敦煌文献时,还要向国外购买缩微胶卷。这是每一个中国人的心中之痛!

敦煌藏经洞内的五万多件文献,是个内容浩瀚的中古时代百科全书,几乎涉及社会和自然科学的各个方面,经过中外学者的研究,目前已经从中发现了许多世界第一。

在自然科学方面,研究者从文献中发现了世界上最早的纸、最早的活字、最古老的书籍、最早的报纸、最早的

火枪、最早的马具、最早的星象图等;在社会科学方面,科学工作者从中发现了世界上最早的连环画、最早的乐谱、最早的棋经、最早的标点符号、最早的栗特语文书、最早的硬笔书法、最早的舞台演出图等。

敦煌文献中还有多少个世界第一,这个谜只有等待全世界的敦煌学专家在进一步的研究中解开了。

说敦煌是一本活生生的历史书,一座庞大的博物馆,这一点也不过分。1987年,莫高窟获准列入《世界遗产名录》,被誉为"中古时代的百科全书"……

小岚专注地听着,她被莫高窟的故事深深震撼了,莫高窟的博大、辉煌令她神往,莫高窟所遭受的劫难令她遗憾,所以当倪文轩的讲话告一段落,问大家有没有问题要问时,她便马上举起手。

倪文轩微笑着作了个"请讲"的手势,小岚便起立发问:"圆明园四件流失文物,在百年之后被买回。同样流失了百年的藏经洞文物,又何时能回归呢?"

倪文轩说:"问得好!从道义上讲,我们完全应该拿回属于自己的东西,但这事情毕竟太复杂了,不可能一蹴而就。如通过法律途径解决,牵涉到的国际法问题太过复杂。我想,这事最终的解决方法只能通过外交途径,但这

可能需要几十年的时间。"

小岚心里很是不平,要拿回自己的东西都这样困难,这太不公平了!

都怨那个王道士,因为贪图小小的钱财,就出卖我们中国人的宝贵财产!

愚蠢、无知、贪婪,导致国宝流失,说王道士是千古罪人一点也不过分!

第3章
罪人的后代

倪院长讲话后,庆典继续进行。小岚想争取时间去参观莫高窟,便跟父母说了一声,悄悄离开了会场。

莫高窟上下五层,南北长约一千六百米,是一座融绘画、雕塑和建筑艺术于一体,以壁画为主、塑像为辅的大型石窟。小岚走进那外面看来简单无比而里面竟是艺术宝库的洞窟,利用昏暗的手电,在四壁与窟顶寻找从古代流传下来的精彩。

从未来佛到经变画,从五色鹿到反弹琵琶,看不尽历史的绚丽,理不清艺术的真容,小岚完全被洞里的美丽和壮观惊呆了。

最令小岚叹为观止的是莫高窟的飞天壁画。传说中，飞天是佛教中称为香音之神的能奏乐、善飞舞、满身异香而美丽的菩萨。

单一的美令人赏心悦目，无数的美令人心灵震撼！只见墙壁之上，飞天在无边无际的茫茫宇宙中飘舞，有的手捧莲花，直冲云霄；有的脚踏彩云，徐徐降落；有的穿过重楼高阁，宛如游龙；有的则随风飘荡，悠然自得。画家用那飘逸奔放的线条、绚丽多变的色彩、舒展和谐的意趣，呈献给人们一个优美而空灵的想象世界。

啊，那对飞天太美太美了！看，一个在前面飞，扬手散花，回首呼应，另一个在后面追，长长的彩带随风飘向了身后……

忽然，她被什么绊了一下。

哎呀，原来她太过专注，竟撞到一个正在临摹壁画的人身上了。小岚忙道歉："对不起对不起！"

那人转过头来："没关系！"

这是个二十来岁的男青年，他的头发留得长长的，戴副黑框眼镜，颇有艺术家的气质。他的目光一落到小岚脸上，马上露出了友好的笑容："噢，原来是你！"

小岚惊讶地问："我们认识吗？"

年轻画家笑着说:"我认识你,你不认识我。我刚刚见过你从天而降,吓退匪徒!"

"噢!"小岚也不禁笑了起来,她朝画家伸出手,自我介绍说,"我叫马小岚。"

画家握住了她的手,说:"我是王铭心,敦煌研究院的研究员。你喜欢飞天?"

小岚笑道:"是呀,喜欢她的美丽,喜欢她的飘逸,喜欢她的脱俗出尘……反正,很喜欢很喜欢!"

王铭心笑着说:"看来我今天遇到知音了,在敦煌壁画里,我最喜欢的也是飞天。我画飞天画了二十年了。"

"二十年?"小岚惊讶地看着王铭心,看样子他不过二十四五岁吧,怎可以有二十年画龄!

王铭心好像看透了她的想法,他解释说:"我家世代住在敦煌,三四岁,别的孩子上幼儿园的年龄,我就跟着爷爷、爸爸和妈妈来到这里。爷爷和爸爸是从事保护壁画工作的,妈妈是敦煌研究院的画家,每天的工作就是对着壁画临摹。我每天窝在石窟里,看画,看妈妈临摹,耳濡目染,就也拿着妈妈的画笔画起画来。我最喜欢那些会飞的神仙,所以就爱上了飞天,每天画飞天成了我幼年最开心的事。"

小岚钦佩地看着王铭心："啊，原来是这样！怪不得你画得这样好！"

"不，离前人的技巧，我还差得很远呢！"王铭心指着壁画，"你看，为了能表现出飞天的动感，画家们特意在她们的衣裙飘带和天空中的流云上下工夫，人体的动势和衣带、云气、飞花构成了和谐的飞行韵律，好像是人体的动势导致了衣带的飘动，微风的荡漾又使飞花随意飘浮；又好像是风吹云动才导致了衣带的飘扬，云动带飘又推动着人体的飞翔。有形的人、飘带、云、花和无形的风互相影响渗透，形成一组永远飞升的统一旋律……"

小岚高兴地说："你讲得真好。经你这样一解说，我对飞天壁画的认识更深了。"

王铭心说："你不嫌我嘴笨的话，我当你的向导兼解说好了。"

小岚一听喜出望外："太好了，谢谢你！"

王铭心带着小岚，一个洞一个洞地看着，一洞有一洞的美丽，一洞有一洞的壮观。

王铭心说："小岚，现在让你看看敦煌壁画中最生动的画面！"

"好啊！"小岚兴致勃勃的。

好一幅极具气势的狩猎图！在连绵山峦中树木丛生，树丛中有躁动的野猪群、惊悸的野羊、奔跑的麋鹿、惊逃的野牛、凶狠的豺狼，画面中央是一位骑士张弓射虎的紧张场面。

王铭心说："这画在构图上的精心营造，还有对人物、动物形象的逼真表现，即使与现在的优秀绘画相比也毫不逊色，而且作为一种史料它还有着极高的历史价值……"

王铭心说话滔滔不绝、如数家珍。

他们又走进了另一个洞。令人惋惜的是，一半以上的壁画都模糊不清、颜色渐褪、表层脱落，有的勉强可以看到画的轮廓，有的地方就只留下一点痕迹，小岚惊问："怎么会变成这样？"

"这是被称为壁画癌症的酥碱病造成的。莫高窟有一半以上的壁画正遭受酥碱病的折磨，最终剩下一块空壁。"王铭心指着一幅模糊不清的壁画说，"这是《都督夫人太原王氏礼佛图》，它是整个莫高窟中第一幅等身高供养人像，具有极高的艺术价值。可惜，这幅画越来越模糊，很快就会彻底消失了。"

"如果可以发明一种东西，能够保护壁画，防止酥碱病，就好了。"小岚说。

"对。我们有关科学家正在研究一种壁画保护剂,要是成功的话,就可以防止壁画继续损坏了。还有,可以用这保护剂重新复制莫高窟壁画,那时,这些美丽的瑰宝就可以千秋万代保存下来了。"

"真希望试验快点成功。"小岚又由衷地说,"王铭心,你懂得真多!你们家真是敦煌研究世家啊,你爷爷、爸爸、妈妈全都从事研究和保护敦煌的工作,真了不起!"

"不瞒你说,我们是为了赎罪。"王铭心低下头。

"啊,赎罪!"小岚大为震惊。

"你听过王圆箓这个人吗?"王铭心说。

"听过!不就是那个为了钱出卖藏经洞宝物的千古罪人吗!"小岚一提起这个人就很愤慨。

王铭心脸上红一阵白一阵,他难过地说:"他是我的祖先。"

"啊!"小岚愣住了,"王圆箓不是个道士吗?怎么会有后代?"

王铭心说:"他未做道士前曾经结过婚,生了一个儿子……"

"噢!"小岚看到王铭心难受的样子,便说,"坏事

是他做的，跟你们没关系，你不用难过。况且，你们一家已经用实际行动，为莫高窟作出了贡献。"

王铭心感激地看着小岚："谢谢你能理解。"

边说边走，王铭心又把小岚带进另一个洞窟，在洞窟中走了一会儿，看见了一个"洞中洞"。

"这就是第一藏经洞旧址。"王铭心告诉小岚。

门是敞开的，洞窟很小，高不足两米，面积仅三平方米多一点，小岚站在门口，便可以一目了然。

里面空空如也。

小岚心里百感交集，她眼前仿佛出现了百多年前的情景，无数珍贵文物被外国人一箱又一箱地搬走……

这中国人的遗憾，什么时候才能得到弥补？

第4章
千年前的壁画

小岚本来准备和爸爸妈妈好好吃一顿午饭，自从几个月前他们到乌莎努尔看过小岚之后，一家三口就没在一起好好聊聊了。

但她的计划被打乱了。

在餐厅里，一帮敦煌学者和研究生，还有莫高窟的工作人员全都成了好奇的小孩子，他们围着小岚问长问短。一方面因为她美丽可爱的样子，另一方面因为她上午从天而降扭转了局面，还有就是因为她奇特的身份——一个黑眼睛黄皮肤的中国女孩，竟然是乌莎努尔、胡鲁国、乌隆国、胡陶国四个国家的公主，这太不可思议了！

他们还不知道小岚在明代的奇遇呢!要是他们知道小岚曾被明朝皇帝朱棣封为福慧公主,那就更不得了啦!

作为父母的马仲元和赵敏,倒成了"圈外人",他们只好在外围望着女儿。直到午饭时间快结束了,小岚才"杀出重围",逃也似的拉着爸爸妈妈跑出了餐厅。

一家三口找了一处安静地方坐下。

赵敏搂着女儿,一口气问了很多:"小岚,你在乌莎努尔过得好吗?万卡对你怎么样?你跟晓星和晓晴还是那样要好吗?……"

万卡是乌莎努尔的年轻国王,他和小岚是众人眼中的金童玉女。万卡心目中早把小岚当成未来的王后,但小岚却迟迟不肯表态。

晓晴和晓星两姐弟呢,他俩跟小岚从小玩到大,从中国香港一直追随小岚到乌莎努尔,绝对是小岚的好友兼死党。这次要不是他们爸爸妈妈刚好到了乌莎努尔,要陪爸爸妈妈游玩,他们早就跟着来敦煌了。

"好啊,好得不得了!"小岚兴高采烈的样子,令马仲元和赵敏知道她一定生活得很开心。

马仲元跟赵敏常年从事考古工作,因为工作性质,两人一年到头都在世界各地跑,没有时间陪伴女儿。知道女

儿在乌莎努尔过得很快活,两人也就放心了。

三人正亲亲热热地说着话,倪文轩笑容满脸地走来了:"小岚呀,你真是个人物!莫高窟曾经来过许多位国家元首,但都没有你这么受欢迎呢!"

他又看着马仲元和赵敏:"你们夫妇可真有福气,有这么一个绝顶出色的女儿。要是我有这么一个女儿,睡着了也会笑出声呢!"

赵敏和马仲元齐声说:"过奖了!"

但从他们甜滋滋的笑容里可以看出,他们根本就是认可了倪文轩对女儿的称赞。说真的,小岚是他们夫妇一生中最大的骄傲。

小岚拉着倪文轩的手:"倪伯伯,您还没有跟我解释,那些匪徒为什么会害怕我呢!"

"这是上午匪徒胁持我时,给我看的那张照片。他们要我带他们去找这幅壁画。"倪文轩拿出一张照片,指点着,"你们仔细看看,这壁画上小仙女的样子像谁?"

"小岚!"赵敏和马仲元喊了起来。

小岚看着照片直发愣,太匪夷所思了!这身穿白衣、手捧白莲花的小仙女,竟跟自己长得一模一样!

怪不得那些匪徒如此惊骇。他们胁持人质,追问壁画

的所在,目的是要抢走这幅壁画。谁知道,那画上的仙女竟从天而降,还口口声声谴责他们的所作所为,这怎能不令这帮做贼心虚的匪徒心惊胆战呢?他们一定是以为画中神仙显灵,来惩罚他们了。

小岚惊讶地问:"这画是在哪里发现的?不明底细的人,还以为是我的肖像画呢!"

倪文轩说:"这画在我们刚发现的一个'洞中洞'里。我们把她命名为《天外飞仙》。"

赵敏和马仲元异口同声地说:"能让我们参观一下原画吗?"

小岚也说:"是呀是呀,我太想看了!"

倪文轩说:"这洞窟到目前为止都还没有对外开放,但你们例外。我现在就带你们去。"

倪文轩在前头引路,走了十来分钟,停在一个石窟前。那石窟被一扇厚重的门锁住了,门口还有一个人守着。

那人见了倪文轩,叫了一声:"倪院长!"

倪文轩指示道:"把门打开。"

"好!"

"咔嚓"一声,门打开了。

倪文轩把小岚一家带进石窟，在一条长长的甬道上走了一会儿，又走进了甬道旁边一个洞。那个洞跟别的石窟很不同，四壁都是空的，不像别的石窟一进去就是铺天盖地的壁画。

走了几十米，已是石窟尽头，那里出现了一堵巨大的石壁。当倪文轩用手电筒照向那堵石壁时，大家竟呆若木鸡！

那石壁上，画的就是《天外飞仙》。

比起刚才的照片，这壁画带给大家更大更大的震撼。

真人大小的小仙女，显出超凡脱俗的美，她身穿白衣，双手捧着一朵白莲花，衣裙飘飘，正含笑注视着来看她的人……

鲜艳的色彩、柔和的线条、人物的灵动美丽，令人感受到了绘者内心激情的涌动以及绝顶的艺术天分。正是这种激情，这种天分，才令壁画具有了令人无法平静的震撼力量！

马仲元首先打破沉默："天哪，真美！"

赵敏长长呼出一口气："真像小岚，连神情都像！"

倪文轩说："所以早上甫见到小岚时，我真是大大地

吓了一跳！"

小岚站在栩栩如生的画像前，感觉上是看着一面镜子，里面照出了一个古装打扮的自己。她内心既震惊，又有点怪异莫名。

这画家究竟是什么人？为什么会画出她的肖像？

她狐疑地说："会不会是一个熟悉我的人，把我的样子画在这里？"

"绝不可能！"倪文轩指着壁画上的落款说，"你们看，这是一幅北宋时期的作品呢！"

这边小岚仍在为画中人像自己而困惑，而出于专业的敏感，赵敏和马仲元已经发现了另一个令人惊讶的现象。

赵敏细心端详着壁画，说："这壁画保存得太好太完美了！"

马仲元说："对，那色彩，鲜艳得就像昨天刚涂上去的。那表面，光滑平整，没有一点裂纹，没有一点剥落，跟其他壁画相比，简直有天壤之别……"

倪文轩点头微笑说："两位果然是考古高手，一语中的！"

赵敏说："北宋距现在已有一千多年，这画的颜色仍能保持鲜艳，这画的用料大有文章。"

"对，我们的科研人员经过研究，竟发现这画的颜料里面含有一种能令画面永久不衰的物质！"

小岚十分惊讶："什么人这么厉害，竟然在一千多年前就持有这么高科技的东西！"

"我们的科研人员按照那物质的配方，进行了精密的分析研究，刚刚在今天研制出了一种叫'美是永恒'的新产品。我们已准备在莫高窟壁画复制中试用。"倪文轩说着，从口袋里拿出一盒东西，"这是今天刚刚制成的第一批试验产品，把它混在颜料里就可使用。如果成功的话，我们复制的壁画就能像这《天外飞仙》一样，留存千万年，永不变色。"

倪文轩打开盒子，里面整齐地放着六个玻璃小瓶子，他拿起一瓶，递给小岚："这瓶送给你吧，留作纪念，感谢你上午救了我。"

"谢谢！"小岚高兴地接过小瓶子，她打开盖子，凑近看看，里面是一些白色的粉末，"啊，这些不起眼的粉末，竟然有这样的神奇功效。"

倪文轩喜滋滋地说："所以，你该明白我为什么连命都不要，也要保住这幅壁画，不让它落入劫匪手里了。这画不光美丽绝伦，更是敦煌壁画的救星啊！"

众人的目光全落到那《天外飞仙》上面,那美丽小仙子的眼睛,含着纯真、柔和,也盯着大家。

"这画真有一股不可思议的神奇力量,令人沉醉!"倪文轩叹道。

赵敏若有所思:"敦煌莫高窟里大小洞窟七百多个,壁画四万五千平方米,为什么独独这幅能完美保存?"

马仲元说:"还有,这小仙女为什么这么像小岚?"

倪文轩感叹着:"这只能是莫高窟的又一个千古奇谜了。"

小岚明白倪文轩话里的意思,因为敦煌还有一个令人困扰的千古奇谜,那就是传说中的第二藏经洞至今踪迹全无。

这时候,赵敏看了看手表,说:"看来我们该走了,接我们的车子快到了。"

"啊,你们又要走啦!"虽然早就知道父母下午要动身去敦煌城,然后乘飞机去西安,在一个文物研讨会上演讲,但临到分离,小岚还是感到很不开心,眼睛竟红了。

赵敏搂着女儿,心里也万般难舍,但她和马仲元都是国际级的文物考察专家,这就注定了他们一年到头都要在全中国甚至全世界奔走,哪里有难以鉴定的出土文物,他

们就要奔向哪里。

"妈妈,那我跟你们一块儿走好了,起码我们可以一起去敦煌,路上还有时间说说话。到了敦煌,你们去西安,我回乌莎努尔。"小岚双手搂紧妈妈,一点不肯松手。

倪文轩说:"小岚,我建议你今晚还是留在莫高窟。"

小岚不解地问:"为什么?"

倪文轩说:"今夜十二时整,会出现一个奇异的天文现象,那就是约一千年出现一次的十星连珠。"

小岚感到很新奇:"十星连珠?"

倪文轩点点头:"对,就是十颗星星在天空连成一条线。十星连珠上一次发生在北宋时期,而下一次,就要3000年以后了。"

"啊!"小岚惊讶极了,"那很难得啊!"

倪文轩说:"莫高窟上空天高云淡,四周万籁无声,是静心观星的最佳地点。所以,我建议你留下来,一睹这千年不遇的奇景。"

小岚有点犹豫。

马仲元伸手拍拍她的脑袋,说:"倪老说得对,如果不是要赶着明天一早的会,我们也想留在这里观星呢!"

赵敏也说:"这样吧,我保证西安会议结束后,马上去乌莎努尔看你,住上几天,怎么样?"

小岚这才松开了搂着赵敏的手,用小指头去钩住赵敏的小指头,说:"那我们钩钩手指,不许反悔啊!"

"好好好!"赵敏笑着跟小岚钩了钩手指。

两个人一齐说:"拉钩,上吊,一百年,不许变!"

马仲元和倪文轩看着,都笑了起来。真是个小孩子!

第5章
今夜十星连珠

千年不遇的天文奇景啊，千万别错过了！

小岚怕睡过头，所以一直睡不安稳。到了晚上十一点多，她实在睡不着，便干脆起床，拿了个小手电筒，跑出户外。

啊，原来跟她一样睡不着的大有人在。看，已经有不少人占了有利位置，三五成群，静静地坐着，等着看天文奇景了。

小岚不想跟别人挤在一起，环顾四周，见到不远处有座小山，便一路小跑过去，很快便跑到了小山顶上。

小岚在一块平滑的石头上坐了下来。小山上光秃秃

的，连根草都没有，这是沙漠特有的情景——干燥，令这里鲜有绿色植物。

小岚突然注意到，离她十来米远的地方，有两座黑黝黝的拱起来的土堆，她闲着没事，便走过去看看是什么。

原来是两座坟墓。

在这寂静又荒凉的小山丘上乍见到坟墓，要是别的女孩子，早吓得魂飞魄散了。但小岚非普通女孩，她不但不害怕，还饶有兴趣地走近细看。

这里前不着村后不靠店，有谁会葬在这里呢？

两座坟墓，一座是用石砌的，坟前有一块石碑，但已经断了一截，只剩下小半截露出地面。小岚见碑上有字，便蹲下用手电筒照着，隐约可见是"父泣立"三个字。不知是哪位伤心的父亲，白发人送黑发人，为儿子或女儿建了这座当时一定是挺气派的墓。

另一座坟墓，看样子年代不太久，石碑仍完好，只是上面的字却全都很模糊。小岚用手电筒照着辨认了很久，才勉强认出模模糊糊的几个字：天之墓。

天之墓？什么意思？莫非埋了个皇帝？天，天子嘛！不过，应该不是。要是埋了个皇帝，还不当作一级保护文物给保护起来？

这两座坟究竟埋的是什么人?

小岚在墓前待了很久。连她自己都觉得奇怪,为什么这样关心这两座沙漠上的孤坟。她耸耸肩,折回大石头,坐了下来。

莫高窟的夜,是宁静的夜。淡淡的月光,带有几分神秘,照着古朴的令人迷醉的莫高窟。

悠悠一千六百多年,期间多少沧桑变迁!莫高窟是不幸的,她曾遭受一次又一次的浩劫,她是中国历史上一笔沉重的哀叹;莫高窟又是幸运的,多少人在关注她、保护她,只为这朵艺术奇葩,永远在中国大地上闪光!

无垠的夜空,无数星星在闪烁着。小岚觉得,这些星星陪着美丽的莫高窟走过了千年岁月,一定知道期间发生的许多感人故事。

星星,你知道"天外飞仙"的故事吗?你见过那个跟我长得一模一样的小仙女吗?你知不知道第二藏经洞在哪里?

小岚正遐想着,忽然发觉身边站了个人,扭头一看,原来是王铭心。他手里拿着东西,肩上还挎着一个大背囊,正朝着她笑。

小岚笑了起来:"还以为这是我一个人的领地呢,没想到还是让人入侵了!王铭心,你是来看十星连珠的吗?"

"是呀!"王铭心看了看周围环境,说,"咦,你这个位置不错。"

他把手里拿的和肩上挎的全都卸在地上,打开背囊,拿出一架天文望远镜和一个铁脚架。

"我们来个互惠互利好了。你借一点地方给我,我让你使用望远镜。"王铭心笑着说。

小岚笑道:"好吧,成交!"

王铭心摆放好望远镜,离十星连珠还有些时间,两个人便坐在大石头上闲聊起来。

小岚指着坟墓,问道:"那里为什么会有两座坟?里面长眠的是什么人?"

王铭心说:"传说中,是两名年轻人,他们都是为保护莫高窟而死的,所以人们把他们葬在这小山上,好让他们每天都能看见莫高窟。不过具体姓名已不可考。这里的人习惯把这两座坟叫做双子坟,所以这小山丘也被叫做双子山……"

小岚一听是为保护莫高窟而死的,不由肃然起敬,心想如果下次有机会再来这里,一定带上两束花,献给那两名勇士。

这时候,听到有人在喊:"王铭心!王铭心!"

王铭心忙应道:"谁找我?什么事?"

"倪院长到处找你呢!你不是答应了替他调校天文望远镜的吗?"

王铭心一拍脑袋:"瞧我这记性!小岚,你先在这儿待着,我一会儿就回来。"

王铭心走后,小岚仰面躺在大石头上,闭目养神。

莫高窟,静得像座空城,人们都在静静地等待着那千年不遇的时刻。

"嘀嘀嘀!"小岚的手表突然响了,她一骨碌坐了起来,一看表,十一点五十九分,这是她调好的准备观星的时间。

十星连珠要开始了!

大地一片宁静,相信所有等待观星的人都像小岚一样,连大气都不敢出。

突然,山下一片欢腾。小岚抬头望去,只见深蓝色的天空中,肉眼可见十颗星星连成一线,就像一串钻石,闪闪发光,蔚为奇观……

"哇,真美!"小岚惊叹着。

她刚要走向王铭心架好的望远镜,这时候,不可思议的事情发生了。

十颗星星发出的光突然聚成一束炫目的白光，直向双子山射来。而几乎同时，小岚脖子上的月亮坠子，也发出了一道蓝光，与白光相接。

小岚惊诧莫名，她想喊，但喊不出声。白光和蓝光渐渐融合，变成了一股流转着的淡蓝色光，这股蓝光不断弥漫着，竟把小岚整个人包围住了。

蓝光带着小岚升起，升起……

小岚感觉就像被一股无形的力量转着，越转越快，越转越快。这情景好像经历过，什么时候？对，就像之前穿越时空到明代的情形。

时空器早被晓星弄丢了。没有时空器，自己不可能穿越时空呀！

怎么回事！

但小岚已没有足够的时间去冷静分析了，她身不由己地在空中旋转着，头昏沉沉的。她只好紧闭双眼，尽量放松身体，任由那股力量把她翻卷着。

不知过了多久，忽然，"砰"一声，她的身体终于着地了。

落地点软软的，好像是一张厚厚的地毯，但由于飞速下落，小岚仍然感到了身上一阵痛楚，她昏过去了。

第6章
天上掉下来的小仙女

　　一阵小虫的叫声把小岚惊醒了。

　　她听到一个男孩子的声音:"姐姐,我明明看见那个人落到这里了,怎么就不见了呢?"

　　这声音怎么那么熟悉?!

　　小岚想睁开眼睛看看,但眼皮很重,她努力张了几下都张不开。

　　"天哪!"接着又听到一声少女的惊呼,"弟弟快来,在草丛中呢!"

　　咦,这女孩的声音也很熟悉呀。究竟是谁?

　　小岚感觉眼皮好像给缝上了一样,怎么也睁不开。

"来啦来啦！"一阵脚步声，又听到小男孩讶异地说，"哎呀，是一个长得很漂亮的姐姐！她一定是个仙女！"

"但仙女是会飞的，她怎么会掉下来呢？"

"我猜猜！噢，她一定是被妖精所害，妖精在她身上施了魔法，所以就从天上掉下来了。"

"也许吧！噢，现在的神仙打扮可真特别，你看她穿的是紧身衣裤，就像戏台上的夜行侠。要是我也有这样一套衣服就好了！"

"姐姐，你别只顾着看人家衣服，快看看她有没有受伤，她一动不动的，不会是死了吧？"

"真笨！她是神仙，神仙怎么会受伤呢？神仙长生不老，是不会死的。"

"噢，那也是！姐姐你今天怎么聪明起来了。"

"坏小子！我平常很蠢吗？"

"嘻嘻，一点点啦。"

"你找死啊！"女孩骂了一声，又说，"这女孩的睫毛好长啊！要是我的睫毛有那么长就好了！"

小岚感觉到有人凑得很近，呼出的热气直喷到她脸上。她受不了，用力一撑，张开了眼睛。

她马上大吃一惊!

月光下,清晰可见一男一女两个孩子蹲在自己跟前,好熟悉的脸孔,分明是晓晴和晓星!只是他们都穿着古代服装,晓星身上还挎了个大布袋,里面胀鼓鼓的,好像装满了东西。

小岚十分困惑,自己是被强光带到这里的,但身在乌莎努尔的他们,怎么也到了这里?

而更怪异的是,他们竟然好像不认识自己。

"神仙姐姐,你好呀!我叫小吉,这是我姐姐小云。"小男孩眼睛一眨不眨地,好奇地看着小岚的脸,"你叫什么名字?"

"我叫马小岚。"

小岚看着眼前两人,竟不知该作何反应。

明明是两张熟悉得不能再熟悉的脸孔,明明是自己最好最好的朋友,怎么竟是别的身份的人。

小岚甚至有点怀疑,晓星这家伙向来古灵精怪,难道是跟他姐姐晓晴串通好捉弄自己?

"你真的叫小吉?"

男孩眨巴着眼睛,神情很是困惑:"是呀!周小吉。神仙姐姐,怎么啦?"

小岚观察着他的神态,的确不像开玩笑的样子。她看看小吉,又看看小云,心想,怎么世上竟会有这么相像的两对姐弟!

小吉又再问:"神仙姐姐,怎么啦?"

小岚说:"没什么,我只是觉得你们两姐弟很像我两个很要好的朋友。"

小吉大为兴奋:"我们像你的朋友?太好了,你就把我和小云姐姐当成你的朋友好了,我太想跟神仙交朋友了!"

他又问:"小岚神仙姐姐,你怎么会掉到凡间的,是妖怪害你的吗?"

小岚不知怎样回答才好,只是含混地应了一声。

小吉说:"刚才,我和姐姐正在看星星,忽然见到天边有一团蓝色的光,那光直向我家射来,越来越近,越来越近,原来是你在蓝光中……"

小岚想起了刚才发生的事,一定是十星连珠那道蓝光把她弄到这里来了。她想马上弄清状况,便问:"请问,这里是什么地方?"

小吉说:"这是我家的后花园呀!"

"我的意思是……"小岚正想着怎样说,一直没说

话的小云明白了她想问什么,便说:"这里是敦煌城。"

"噢,敦煌城!"小岚心里笃定了点,幸好还在敦煌,她又问,"我想问,现在是什么年代?"

小吉瞪大了眼睛:"神仙姐姐,你别是让妖怪打坏了脑子吧,怎么连现在是哪一年都不知道!"

"笨!你没听过'天上方一日,世上已千年'这句话吗?天上计年份跟凡间是不一样的。"小云瞪了他一眼,接着回答小岚的疑问,"现在是大宋呀,是赵家天下。"

大宋?妈呀!原来刚才自己真的是穿越时空了。

之前曾经回过自己出生那年,后来又去了六百年前的明代,现在更不得了啦,来到了宋代,足足穿越了千年呢!

小吉见小岚怔怔的,便说:"神仙姐姐,你不用担心。尽管你在这里人生路不熟,还面临打仗,但是有我们呢!你到我们家住,我们保护你好了。"

小云也说:"是呀,小岚你到我们家住吧!"

"谢谢你们。"小岚又问,"小吉说现在打仗,是谁跟谁打仗呀?"

小吉说:"西夏王李元昊,他老是想霸占敦煌,最近

传得很厉害,说他正调动军队,准备攻城呢!"

"噢!"小岚若有所思。

李元昊攻打敦煌那一年,不就是藏经洞启用那年吗?正因为李元昊发动战争,当时的僧人们为了避免许多珍贵物品毁于战火,才秘密挖了两个藏经洞,把许多珍贵的经书藏到里面。

小岚不禁兴奋起来。十星连珠把自己带到此时此地,也许冥冥之中老天有所安排呢!

自己可能无法制止这场战争,但起码可以弄清两个藏经洞的位置,这就可以避免日后第一藏经洞落到王道士手中,令洞藏散失,而第二藏经洞一直找不到,成为千古之谜。

还有,小岚也可以趁机弄清一件事,究竟是谁在宋代画了一幅《天外飞仙》壁画,画里的小仙女为什么跟自己一模一样。

小岚越想越兴奋,至于怎样想办法回到现代社会,她也暂时不去多想了。反正,车到山前必有路,天下事难不倒马小岚!

这时,小吉又问:"神仙姐姐,你还没有回答我,你为什么掉到凡间来了,是谁害你的?"

"我……"小岚犹豫了一下,"要是我说,我不是神仙,只是一个来自一千年后的人,你们信不信?"

"哈哈哈,神仙姐姐真会开玩笑!"小吉仰头笑了一会儿,又说,"你说自己不是神仙,但又是从一千年后来到这里的。这不是神仙又是什么呢?凡人哪有这种能耐,可以回到一千年前!"

小云虽然没有立刻表示什么,但从她瞅着小岚的眼神,就知道她也不相信小岚的话。

"噢,我知道了!"小吉突然喊起来。

小岚心内欢喜,以为他这么快就领悟了什么,谁知那家伙说:"我知道了,神仙是不能在凡人面前公开自己身份的,对不对?小岚姐姐,不要紧,我和小云姐姐心知肚明就是了,绝不跟别人提起,连我家老爹也不讲。"

小岚没好气地瞪着他,真是个自作聪明的傻小子!

小吉又说:"神仙姐姐,你能教我法术吗?我想学隐身术,这样即使在家的时候,爸爸也看不见我,这就省了他一天到晚跟我啰啰唆唆的。"

小岚哭笑不得。幸好小云来解围了。

"哎呀!就你麻烦。你看小岚身上脏兮兮的,我们快带她去换身衣服,休息休息再说吧!"她又在小岚耳边嘀

咕,"别管他,要教也先教我,我想学长生不老术,五十年以后,还像现在一样青春美丽。"

小岚听了又好气又好笑。

小云拉着小岚的手走出后花园,又说:"幸亏爹爹睡着了,他是天字第一号老好奇,什么事都要刨根问底的。要是让他看见你从天上掉下来,怕他比小吉还要烦上十倍呢!"

"姐姐,你的嘴好损!爹爹常说,好奇的人才会有长进,才会博学呢!"他又转头对小岚说,"神仙姐姐,要是爹爹问起,我就说你是我学堂里的同学好了。"

小云瞪他一眼:"笨蛋!你那学堂有女孩子吗?"

小吉挠挠脑袋:"那……"

小云说:"你就认作我的好朋友瑶琴好了。反正在父亲眼里,每个女孩子都一个模样,他认不出来的。"

小岚点点头说:"好啊!从现在起,我就是瑶琴。"

小云用手搭着小岚的肩膀,那样子就像交往了多年的朋友,她热情地说:"小岚,你就安心在我们家住下来,等住腻了,再回天上。"

小岚笑着说:"好,谢谢你们!"

也真幸亏遇到了这两姐弟,要不,小岚一个女孩在这无亲无故的古老年代,待一天也难啊!

周家大宅里静悄悄的,连两个守夜的人都靠在后花园的石桌上睡着了。

三个人蹑手蹑脚地走回房间。

小云把小岚拉进自己的闺房,回头见小吉也想进来,便把眼睛一瞪:"喂,别仗着自己小就不避嫌了!小岚要换衣服,男孩子不能进来!"

小吉只好留在门外。

小云拿了一套自己的衣裳给小岚换上,她俩身材差不多,穿上去还挺合身呢,小岚马上变成一个古代女孩了。

但有个大麻烦。

小岚是中长发,那时候的女孩子哪有这样的呀!

小云想了想,变戏法似的从抽屉里拿出了一个假发,给小岚一戴,还真看不出来是假的呢!

小岚看着镜子,很满意自己的装扮,不禁赞道:"小云你可真行,连假发也有。"

小云得意地笑着:"这是小吉用过的。早前爹爹五十大寿,我们自编自演了一出戏,叫《七仙女献桃》。因为临时找不到七个女孩子,就拉小吉凑数。假发一戴,还真

看不出是假扮的呢!"

这时候,小吉在门外等急了,小声叫着:"小云姐姐,小岚姐姐,我可以进来吗?"

小云不耐烦地说:"现在什么时候了,睡觉去!"

小吉死赖着:"我不困,我想早点学隐身术。"

小云说:"你不困,我和小岚还困呢!没商量,回去睡觉,明天见!"

小吉在门外不满地嘟哝了一会儿,最后还是走了。

两个女孩年龄差不多,再加上小云还长得跟晓晴一个样,所以小岚很快就跟小云熟络了。两人亲亲热热地钻进被窝。

"哎,小岚,我问你,天上漂亮男孩多吗?"小云一点睡意也没有。

"多。"小岚又困又累,不想再解释,就含混地说。

"哈,太好了!"

"太好了?"

"嘻,我的意思是,天庭一定很漂亮,再加上很多俊男美女,就更赏心悦目了。"

"噢!"

"小岚,你……你能找机会带我上天庭看看吗?"

"好……"

"太好了!"小云十分雀跃,她又说,"到时候,你就介绍一个最漂亮的男孩给我认识,行吗?"

"好……"

"太好了太好了!"小云更兴奋了,"你能把你刚才穿的那套神仙衣服送给我吗?"

"好……"

"太好了太好了太好了!"小云手舞足蹈地说,"小岚你真是好人!"

"好……"

小云一听不对劲,一看,小岚早已睡了,只是嘴里机械地应着一个"好"字。

"喂!"小云嘟着嘴,推了小岚一下,委屈地说,"原来你根本没听见我说什么……"

"好……"

第7章
峰回路转

"砰砰砰",天刚亮,门就被人敲得震天响,把小岚和小云弄醒了。

小云嘟嘟哝哝地埋怨:"一定又是小吉那小子!"

小岚却"扑哧"一声笑了起来。这小子,怎么连性格都像晓星!他们也姓周,莫非是晓晴、晓星的哪一代祖先?

她现在的感觉,就仿佛是跟晓晴、晓星姐弟在一起。

门一开,小吉就一阵风冲了进来:"小岚姐姐,快教我隐身术。"

又来了又来了,烦不烦!这小子真跟晓星一个德性!

小岚和小云互相使了个眼色(天知道她们为什么能心有灵犀),两人一起抓住小吉,挠痒痒。小吉痒得哇哇大叫,大喊救命。

小岚和小云这才住了手,得意扬扬地看着小吉:"看你以后还敢不敢干这扰人清梦的事!"

小吉委屈地说:"大欺负小,你们好过分!"

小云搂着小岚的肩膀,得意地笑着。她显然很开心多了小岚这样一个同盟军。

这时候,仆人来请他们去吃早饭。

三个人来到饭厅时,小云、小吉的父亲周伟还不见人。从小云嘴里得知,他们的母亲早已去世,父亲原来是当朝礼部的一名官员,因为性格耿直,得罪了上司,再难留在官场,他便干脆辞官归故里,回到敦煌来了。

一张古色古香的八仙桌上,放满了各种精致早点,还有一大锅热粥,蛮丰盛的。一个管家模样的中年男人一见到小云和小吉,便作了个揖:"少爷小姐早安!"

小云搂着小岚,向那人说:"刘四叔,这是我的好朋友瑶琴,她来我们家玩,要住一段时间。"

刘四叔听了,慌忙向小岚作了个深深的揖:"琴小姐,早安!"

小岚微笑点头。

小吉问道:"刘四叔,我爹呢?"

刘四叔笑着说:"老爷收到消息,西安有个老朋友得了一块好玉,他打算马上起程去看看,正指挥人收拾行李呢!"

小云对小岚说:"我们老爹就这德性。他最喜欢那些古老的东西,一听说谁得了古玩,不管隔多远,都会跑去看。"

正说着,听到外面有人喊:"老爷,早安!"

话音刚落,一个中年男人风风火火地走了进来。他个子高高大大,慈眉善目的,一看就知道是个好脾气的人。

"孩子们,让你们久等了。呵呵,不好意思!"

小云和小吉一见就咋呼起来:"爹爹该罚,让我们等这么久。"

"好好好,该罚该罚!你们要罚什么?"周伟笑嘻嘻地问。

"罚……罚……"小吉想了想说,"罚您多给我们零用钱!"

小云说:"罚您这个月给我做两套新衣服!"

"行行行!"周伟笑着坐了下来。

守护宝藏的公主

小岚觉得这家人蛮有趣的,还以为古代人都很讲究礼节,君君臣臣,父父子子,父亲绝对凌驾于子女之上,子女绝对服从长辈,所谓"父要子亡,子不亡不孝",没想到还有这么可爱的父亲,这么有趣的家庭。

这时,周伟忽然看见了坐在对面的小岚:"咦,这漂亮女孩是……"

小云赶紧说:"哎呀老爹,您可真健忘呀!她不就是早些年住隔壁的瑶琴嘛。她们家现在搬到城东,我邀她来玩几天。"

"瑶琴?哦,对对对,你小时候我还抱过你呢!不过,你那时候好像还没这桌子高!"

正如小云所说,周伟的确很粗心,一点都没察觉小岚是个冒牌货,还很认真地问了一通"你家里人好吗?你家那边治安好不好?你家的铺子生意有没有受影响?"等。

小云和小吉在他们爹爹身后挤眉弄眼的很开心,小岚忍得很辛苦才不跟他们一块儿笑起来。

"爹爹,好啦,您别再啰唆了!您再讲,说不定会把您的女儿或者儿子给饿死一个。"小云埋怨道。

小吉说:"是呀是呀,吃完早饭,我还要瑶琴姐姐教我隐身术呢!"

"隐身术？"周伟显得很奇怪。

小吉说："哎呀爹爹，这是我们小孩子的游戏，您就别问了。"

"好好好，我不问。大家吃……""早饭"两字还没说出口，周伟就突然住了嘴，两眼直勾勾地盯着小岚。

三个孩子全被吓了一跳，还以为是周伟看出了破绽，知道小岚是假冒的。

周伟两眼睁得铜铃般大，一副万分激动的样子。小岚发现他视线的焦点，是她项链上挂着的月亮坠子。

一抹朝阳刚刚从窗外射进来，落在坠子上，发出炫目的蓝光。

"你、你的坠子从哪儿来的？快，快告诉我！"周伟指着月亮坠子。

小岚早就知道自己脖子上的这个月亮坠子不寻常，因为它曾经开启过所罗门宝藏的石门，这次又令自己穿越时空来到宋代。

难道周伟知道它的来历？

当年养父母在江边长椅上捡到自己时，这坠子就挂在自己脖子上。但是，这不能跟周伟讲，因为自己现在的身份是瑶琴啊！

"这坠子是前不久,一位路过的高僧送给我的。您知道它的来历?"

"没有人知道它的来历!我也仅限于知道,世界上有这样一颗具有神奇力量的月亮坠子。传说一千年前的一次十星连珠,这坠子与星辉交汇,产生巨大能量,把持有它的人带到了未来。"

"啊,原来是这样!"

在座的三个孩子异口同声喊了起来。

小岚恍然大悟。怪不得自己没有时空器也能穿越时空,原来跟这坠子和十星连珠的天文奇景有关!

小云和小吉呢,也才知道小岚没有说谎,她真是从未来世界来的人。

"一千年一次的十星连珠昨天才发生过,那我岂不是要再等一千年才能回到未来?"小岚小声嘀咕着。

周伟听不清她说什么,只听到她说"我岂不是要再等一千年才能回到未来",便笑着说:"你不用等那么久,两天之后深夜子时,就有一次十星连珠。"

"真的?"小岚惊喜万分,但又有点疑惑,不是说十星连珠一千年才能碰上一次吗?昨晚刚刚发生过,按道理,要再等一千年才能再遇上啊!

但细细一想,她不禁大大地"啊"了一声,真笨!刚刚发生十星连珠的是未来的世界,不是宋代呀!

自己真好运气,竟然回到了上一个千年的十星连珠之前!

事情真是峰回路转,两天之后,自己就可以凭借十星连珠的力量,回到现代。哈哈,没想到事情可以这样容易解决。

小岚不禁喜上眉梢,一个劲儿地朝周伟说:"谢谢!谢谢!"

周伟有点诧异地看着她:"谢什么呀?"

小岚笑道:"谢谢伯伯您博学多才,让我知道了坠子的秘密。"

"哈哈,论古董,没有人比我更熟悉的了。"周伟得意地笑了起来,"小姑娘,你一定要好好保管这坠子,这真是一件珍品啊!不过,如果你不想星月交汇时这月亮坠子把你带到未来,你就别在十星连珠之时站在高处,如果坠子把你带到另一个时间空间,那你就要一千年以后才能回来了。"

"明白!"小岚笑嘻嘻地说。

吃完早饭,周伟就急着出门了:"小云、小吉,你们

就好好陪陪瑶琴。最近老是传说会打仗，到处都不安全，你们好好待在家里，什么地方都不许去。听到没有？"

小云和小吉异口同声地回答："听到了！"

"这就乖了。"周伟满意地点点头，"那我走了。"

小吉哭丧着脸问道："爹爹，您出去几天？不要太长时间哦，我会想您的。"

周伟听了大为感动："真是好孩子，懂得挂念爹爹。爹爹出去五六天，很快就回来。你们这么乖，回来时给你们带礼物。"

"好，祝爹爹一路顺风！"小云、小吉齐声说。

周伟坐的马车刚刚走出十几米远，小云和小吉就欢呼起来了："太好了太好了，我们可以随便玩随便吃随便跳了！爹爹出门万岁！万岁！万万岁！"

小岚睁大眼睛看着那两姐弟，说："看你们这德性，好虚伪！"

小吉一边跳一边唱歌似的说："随你怎么说，我们自由啦！"

小云拉着小岚的手："我带你去一个好地方。"

小岚问："去哪里？"

小云一脸兴奋，喜滋滋地说："莫高窟。"

"莫高窟？太好了。"小岚大喜，正想找个什么借口让小云带她去莫高窟，没想到"得来全不费工夫"。

小云叫刘四叔给他们准备一辆马车，刘四叔知道这两个孩子向来说一不二，所以虽然不放心他们出去，但也只好照办了。他牵来一匹最好的马，配上篷车，把缰绳交到小吉手里，又千叮万嘱，要他们路上注意安全。

小吉神气地坐在篷车前面，鞭子一挥，那匹马就迈开四条强壮的腿跑起来了。

小云拉着小岚的手，好奇地说："要不是爹爹说起那月亮坠子的故事，我还真不相信你是未来世界的人呢！"

"小岚姐姐，那你会不会两天后就回未来世界？我很舍不得你呢！"小吉问道。

小岚笑着说："我也舍不得你们呀！我很想多待些日子，可惜十星连珠一千年才一次，如果两天后不回去，就要等一千年后，变成千年老妖才能回去了。"

"唉，那我们岂不是很快就要永别了！"小云很不开心。

小岚安慰她说："不会呢！以后我找回了时空器，就

回来看你们。"

小吉好奇地问:"时空器是什么?"

"是一种……"小岚停住了,怎样跟一千年以前的人介绍时空器呢?她想了想,说,"时空器是一种神奇的东西,有了它,就可以在不同的年代、不同的世界里穿梭。"

"啊,好玩!"小吉兴奋地说,"小岚姐姐,那一言为定,你以后一定要带着时空器来找我呀!我要跟你去未来,看看你那个世界是怎样的,看看我长大之后是什么样子的!"

小吉越来越兴奋,他又问小岚:"小岚姐姐,在未来世界,出门乘坐的是什么,还是坐马车吗?"

小岚摇摇头说:"不,我们那时候早不坐马车了。我们有时会坐四个轮子的汽车,有时为了抄近路会坐轮船渡海,有时为了更节省时间,就会坐能上天的飞机……"

小岚滔滔不绝地说开了,她的话令小云和小吉听得目瞪口呆。当然啦,那是一千年后的事情啊,对于他们来说,真是太不可思议了!

蓝天白云,天空显得特别广阔、高远,放眼一望无际的大漠,令人心旷神怡。小岚一时兴起,不禁扯开嗓子唱

起歌来:"蓝蓝的天上白云飘,白云下面马儿跑,挥动鞭儿响四方,百鸟齐飞翔……"

"小岚,这歌真好听!你教我唱好吗?"小云央求着。

小吉说:"我也要学!"

小岚说:"好啊!"

于是,小岚一句一句地教着小云和小吉。小云学了几次就会了,小吉却唱了上句就忘下句。小岚从口袋里拿出一支录音笔,把歌儿唱了一遍,然后交给小吉:"你拿着,自己学去!"

"什么东西?"小吉拿过笔,端详着。

小岚说:"那是录音笔,可以录下需要保留的声音,然后再放出来。我刚才唱歌时,已经把歌录下了,你可以单击播放那个按钮,就可以听到我的歌声了。"

"啊,好神奇呢,给我给我!"小云听到也来了兴致,忙去抢小吉手里的笔。

"不不不,我先玩!"小吉躲闪着,找到笔上的播放按钮,使劲一按。

录音笔马上播出了小岚唱歌的声音。

小云和小吉先是吓了一大跳,接着又显得兴奋莫名,

互相抢夺着录音笔,他们都好想弄清楚,小岚的声音怎么可以装在那支没有毛的"笔"里面。

两姐弟很快从小岚那里学会了使用录音笔,两姐弟捧着这新鲜玩意儿,玩得开心极了。

小岚又把录音笔里原先录了的东西放给他们听,小云和小吉乐得哈哈大笑。后来,小岚放了一段战争场面的音效给他们听,那是早前她和晓晴、晓星去片场看拍电影时,贪玩录下的一段打仗音效,这回呀,里面千军万马冲啊杀啊的声音,可把小云、小吉吓坏了。

就这样一路走一路玩,不知不觉莫高窟到了。

第8章
宋代的万卡哥哥

穿过了那道有点像城门楼的山门,三个人走进了莫高窟的范围。

一千年前的莫高窟,是那样的完美无瑕,那样的美丽庄严,真令小岚陶醉了,她很想大喊一声:"莫高窟,我来了!"

小云显得容光焕发的样子,像是心情大好。

"小岚,你先在这里等一会儿,我忘了带蜡烛,我去千佛寺问僧人要几支。"

"姐姐,我跟你一块儿去吧,我顺便带马儿去寺里喝点水。"小吉拉着马,和小云一块儿走了。

小岚不想呆等，便顺路走进了一个洞窟。

洞里光线很暗，但仍可隐约见到墙上的许多壁画。

走了十来米，发现前面有光，小岚加快了脚步。

她突然停住了，心里涌起一种奇特的感觉，眼前的情景似曾相识——

洞的四壁及顶部，画满了神态各异、各具美态的飞天，有一个瘦长的身影，正站在洞壁前，洋洋洒洒地在壁上画着一幅飞天，那飞天仙女手抱琵琶，脚踏彩云，徐徐降落……

数天前，她就是在这个洞窟，跟王铭心一起欣赏那美丽的飞天，感受古人精湛的艺术造诣……

真是做梦都不会想到，自己会亲眼看到一千多年前画这些飞天的人！

小岚正在愣愣地看着那画画的人，那人好像感觉到了什么，突然转过身来。

明亮的烛光中，小岚清楚地看见那张脸。怎么会是他！小岚惊骇得差点叫起来。

那人竟是乌莎努尔的年轻国王万卡！

怎么会？不可能！

21世纪的万卡怎么会身在宋代，还身穿古装？难道他

也穿越时空,来到了古代?

小岚的眼睛看得发直。

不对,不对,那人的眼神不对!万卡看小岚时,眼神总是柔情似水,那浓浓爱意简直可以将小岚融化掉。而面前这人,眼里却满是疑问。

难道见到了一个跟万卡长得一模一样的人?就跟小云和小吉像晓晴、晓星一样?

这宋代之行,真是奇事百出。

那少年文质彬彬地朝小岚点了点头:"小姐,你是来看画的吗?"

完全可以确定他不是万卡了。

小岚有点不好意思,毕竟是自己这么不礼貌地盯着人家:"是的。莫高窟的洞藏全是极品,今日慕名而来,一睹为快。"

"是呀!自前秦开始,前人就在莫高窟留下了许多艺术珍品,每一幅壁画,每一座塑像,都有它的艺术价值,都令人难忘……"少年遇见了知音,马上侃侃而谈。

小岚对少年很有好感,也许是因为他酷肖万卡,也许是由于他对莫高窟艺术的热爱,她笑着说:"你能带我参观一下吗?"

"不胜荣幸!"少年笑道,他又问,"不知小姐芳名?"

小岚说:"我叫小岚。你呢?"

少年说:"在下李翰。"

小岚好奇地问:"你是个画师吗?"

李翰答道:"算不上。我只是热爱敦煌艺术,常来这里观摩学习,有空画上几笔而已。"

小岚环视满目的飞天,赞叹道:"公子妙笔丹青,令人赏心悦目,你的技艺,胜过许多画师呢!"

"谢谢!"李翰十分谦虚,他说,"我带你去看看别的画作,那才是真正的高手所绘呢!"

他微微欠身:"小姐请!"

李翰带着小岚一个洞一个洞地参观着,回到一千年前参观壁画,观感大为不同。画面完美、色彩亮丽,真令人赏心悦目。

"小岚小姐,你看看这幅《都督夫人太原王氏礼佛图》,线条飘逸,人物造型生动,色彩和谐,画得多好!"

小岚细细欣赏着,想起不久前看到的那幅模糊不清、颜色几乎完全脱落的《都督夫人太原王氏礼佛图》,大为

感叹:"唉,可惜,真是太可惜了!"

李翰听了莫名其妙,忙问:"可惜什么?"

小岚这才发觉说漏了嘴,忙掩饰说:"噢,我是说,可惜随着岁月流逝,这些画终有一天会完全消失。"

"小岚小姐,我还是第一次听到有人提出壁画的保存问题呢!你太有远见了。"李翰十分惊讶地看着小岚,又兴致勃勃地说,"这世上会欣赏敦煌壁画的人不少,但他们从来没想过如何去保护这些珍品,让千秋万代都能欣赏到这些美丽的艺术品。"

小岚一听很兴奋,她想,要是有了像李翰这样的有识之士,从宋代开始就懂得保护敦煌艺术,那一千年后,敦煌的情况一定大不相同!想到这里,她高兴地对李翰说:"保护好这些壁画,给后人留下珍贵的文化遗产,这事情的确很重要,很开心能遇到你这样的知音人!"

李翰也很激动,他一双明亮的眼睛看着小岚,心想:有的人相处了多年,仍然觉得很陌生,但眼前这女孩,怎么相处了一会儿,就觉得好像认识了一辈子!那么亲切,那么心灵相近。

他兴奋地说:"保护敦煌艺术的事,我早就想做了,

就让我们一同来做好这件事吧！"

"好，一言为定！"小岚向李翰伸出手，两人的手紧紧握在一起。

"噢！"小岚突然想起了什么，她从口袋里掏出一个小瓶子，递到李翰手里，"这瓶子里装的是一种叫'美是永恒'的粉末，你画画时，把它放进颜料里，画的画就可以千秋万代永不变色。"

"太好了，谢谢，谢谢！"李翰又惊又喜，连声道谢。

小岚说："可惜只有一小瓶，只够你画一幅画。"

李翰把小瓶子珍爱地捧在手心，说："我会用它来画一幅最重要的画。"

这时候，传来一阵呼叫声——

"小岚！"

"小岚姐姐！"

是小云和小吉的声音！小岚赶紧应了一声："哎，我在这里！"

烛光一闪，走来了手持蜡烛的小云和小吉。一见小岚，小云就大声埋怨起来："哎呀，你怎么一个人跑这里来了，害得我们到处找！"

小岚笑道:"对不起对不起!"

小云还想说什么,却一眼见到了李翰,脸上立时变得柔情似水,说话声音也变温和了:"李翰大哥,原来你在这里。我刚才还去寺院找你呢!"

小岚一听心里发笑,说什么忘了带蜡烛,原来是醉翁之意不在酒!

小云突然想起什么,问道:"你们……李翰大哥,你跟小岚……"

李翰笑着说:"我们刚刚认识。我带她来看壁画呢!没想到你们也认识。"

小吉赶紧说:"我们跟小岚姐姐是好朋友!"

小云在小岚耳边蚊子般小声说:"怎么样,他俊吧?"

小岚点了点头,又小声问:"你喜欢他?"

"是的。"小云脸上飞出两片红霞。

小岚朝她眨眨眼睛:"加油!"

李翰傻傻地看着两个女孩咬耳朵,不知道她们在嘀咕些什么。过了一会儿,他好像想起了什么,"哎"了一声:"差点忘了时辰,我得去寺院帮忙了。"

"刚见面又要走啊!"小云很是不舍,嘟着嘴表示不

满,"最近你和寺院的师父怎么啦?一天到晚忙个不停。说是要维修寺庙,不但不让人进庙,连寺庙旁边的好多洞窟都不许进了。刚才我们去要蜡烛,都只是让我们在寺院门口等着。但是,人家维修,你去干什么呢?你又不会抹墙铺瓦!"

李翰解释说:"寺院因为有些地方年久失修,所以得维修。我不会铺瓦抹墙,但会画画呀!我负责给重新抹过的墙壁画画呢!"

李翰转过身,对小岚抱歉地说:"小岚小姐,我今天实在是有事,恕我不能奉陪了。你们明天还在吗?"

小岚还没答话,小云就抢着说:"在,在!我们今晚不走了,就在这里住!明天我们会再见面的。"

李翰一听很高兴:"那我们明天见!"说完就匆匆走了。

小岚当然很高兴留下来,她要利用这两天时间做一些事。寺院维修,还封了很多洞窟,这事十分可疑,按时间推算,这段时间应该是僧侣们为了保护经书,暗中挖掘藏经洞的日子。所以,她要想办法探听到藏经地点,特别是第二藏经洞的下落。

她对小云说:"你们不回去,不怕刘四叔担心

吗?"

小云说:"不要紧,我们常常来莫高窟玩,有时一住就是很多天,爹爹也从不反对。"

明天晚上就是十星连珠的时间了。小岚决定,今天晚上就去夜探千佛寺,找机会查出藏经洞的位置。

吃完饭后,三个人在寺院的一个客舍内休息。那客舍设在山门的外面,是让那些远道来千佛寺烧香拜神的信众临时住的。因为近来千佛寺"维修",不许入内,所以也没有信众入住,挺大的一幢房子,十几个房间,就只住着小岚他们三个人。

小岚打了个哈欠:"好困啊,我们睡吧!"

小吉死缠不放:"小岚姐姐,别那么早睡好不好,求你啦!你明天就要回到未来了,就多陪我们一会儿吧!"

小云也附和说:"是呀是呀!你就给我们讲一些未来的新奇事儿。"

小云和小吉就像两块狗皮膏药般,一刻不离地贴着她,总问些古古怪怪的问题。比如一千年后的人吃什么穿什么玩什么,那时候的猫和狗会不会说话,那时候的树会不会长出猴子……

小岚跟他们胡扯了一会儿,看看已是夜深人静,心想

不能再被这两个好奇的家伙缠住了,便决定用催眠术让他们入睡。她取下项链,笑着说:"想不想玩一个一千年后的游戏?"

"想啊!"小云和小吉异口同声地喊起来。

小岚说:"这游戏只能一个人一个人地玩。谁先来?"

"我来我来!"小云和小吉争着,结果最后声音大的那位,即小云争赢了。

小吉扁着嘴,一副不服气的样子。小岚安慰他说:"别不开心,很快就轮到你了。"

小岚对小云说:"你看着我的项链坠子,别眨眼,等会儿就会出现奇迹。"

小云太期待看见奇迹了,她按小岚的吩咐,目不转睛地盯着那个月亮坠子。小吉也迫不及待地凑过来,不眨眼地瞅着那一晃一晃的坠子。

一下,两下,三下……

结果令小岚很满意——坠子晃了三十下之后,目的就达到了,而且还买一送一,那两姐弟一起进入了甜甜的梦乡。

第9章
"黑夜女侠"夜探千佛寺

"黑夜女侠"开始行动了!

小岚脱下了虽然漂亮但实在碍手碍脚的古代衣裳,换回了自己那身利索的T恤牛仔裤。这是她奋不顾身从小云手中抢回来的,那小妞对这千年后的"潮装",眼馋得简直想一口吞进肚子里。

小岚悄悄出了门,往千佛寺而去。月黑风高,正是查探秘密的好时机。小岚暗想:先探千佛寺,再探被封锁的洞窟,但要争取时间,一定要在小云和小吉醒来之前返回客舍,免得这俩家伙又刨根问底的。

一眼看见了千佛寺,它在黑夜里勾出一个古朴优美的

剪影。小岚暗喜,加快了脚步。

前面就是山门,山门里面就是千佛寺、莫高窟。那山门的样子有点像古城墙,有两层高,小岚想,以后有机会登上山门上层看看,极目茫茫大漠,一定很心旷神怡。

突然,黑暗中走出两个黑影,把小岚吓了一大跳,一看,原来是一胖一瘦的两个僧人,手拿棍棒守在山门外。

"施主,这里禁止通行,请留步!"瘦僧人彬彬有礼地朝小岚躬身行了个礼。

小岚抗议说:"我们白天来过,都可以进去呢!怎么现在又不让进了?"

胖僧人说:"这是住持大师刚下的命令,除了本寺僧人,其他人不得踏入山门。"

小岚无奈,只好恳求说:"千佛寺和莫高窟名扬天下,能否通融一下,让我进千佛寺烧柱香,拜拜佛,再欣赏一下壁画。免得这次远道而来,身入宝山,却空手而归。"

瘦僧人又再礼数周到地行了个礼:"住持大师之命,小僧不可违抗。望小施主见谅!"

小岚也不想难为了僧人,只好说了声:"打扰了。"小岚正想转身离开,忽然见到山门里走出一个人,借着月

色依稀可认出,正是李翰!

小岚像见到了救星,喊道:"李大哥!"

李翰愣了愣,快步走来,他首先发现了小岚古怪的衣着打扮,眼里满是惊讶,但他没说什么,只是问:"小岚,半夜三更的,你出来干什么?"

小岚道:"我只是想来参观寺庙,还想参观一下附近这几个洞窟。李大哥,你能带我去看看吗?"

李翰一脸的歉意,他对小岚说:"很抱歉,就是我答应带你去,这两位师父也不会应允的。"

小岚生气了,使起小性子来,一顿脚,转身就走。

"小岚,别生气!"李翰跟了上来。

小岚不理他,一路走着,李翰紧走几步,一把拉住小岚的手:"别生我的气,好吗?"

李翰英俊的脸上,一副又无奈又惶惑的模样。这让小岚想起了万卡——每当小岚撒小脾气令人难以招架时,万卡脸上就是这副神情。

小岚心软了,她嘴角一翘,转怒为笑:"好吧!饶了你。"

李翰见小岚不再生气,马上喜上眉梢,他建议说:"我们找个地方坐坐,好不好?"

小岚正想从李翰那里打听藏经洞的秘密,便说:"乐意奉陪!"

两个人找了一块干净的大石头,坐了下来。

万籁俱寂,月亮从云层里钻出来了,将皎洁的清辉洒在一望无际的沙漠上,给人一种神秘、深远的感觉。

好美的一幅月照大漠图!

小岚简直看呆了。

李翰悄悄地瞅了她好几回,她都浑然不觉,当然她更不会发现,李翰那双看她的眼睛,闪烁着的异样的光彩。这儒雅的少年哪,已经不自觉地爱上眼前的女孩子了。

小岚把目光从大漠收回来,她故意对李翰说:"我总感到,你和这寺庙的僧人,好像有什么不可告人的秘密。"

李翰脸上泛红,神色尴尬,显然这是一个不习惯说谎的人。他嗫嗫嚅嚅地说:"小岚,你一定生我气了。"

小岚说:"说实话,真有一点呢!既然我们是朋友,既然我们都愿意以保护敦煌艺术为己任,有什么不可以坦诚相见的?"

"我不想瞒你的。"李翰不安地说,"只是答应了住

持大师要保守秘密。为人处世,一诺千金,大丈夫不可食言。"

小岚见他不肯说,只好单刀直入,"引诱"他说出真相了。

"你以为我不知道吗?千佛寺的僧人在挖洞收藏经书。"

李翰一听惊得瞠目结舌:"你、你怎么知道的?!"

小岚得意地说:"我会分析呀!你想想,战争一触即发,到时势必玉石俱焚。珍贵的物品要运到别处,路上也不安全。所以,最好的方法,就是在原地挖洞收藏……"

"天哪,小岚你真是聪明透顶,竟让你一语道破!"李翰惊骇地望着小岚,"事情的确是这样!西夏王近来频频调动兵马,恐怕战争不日会发生。一旦敦煌城破,皇上所赐金字大藏经,还有许多宝贵的佛门典籍及书画,一定保不住。所以,住持大师决定在莫高窟中挖掘藏经洞,把这些宝贵物品收藏起来,等将来战事平息,再取出来。对外称维修封锁大多数洞窟,是为了掩人耳目,其实,僧侣们在里面日夜赶工挖洞,一定要在战争爆发之前把经书藏好。"

小岚说:"我想,一定不只挖一个洞!"

她是要证实一下,有第二藏经洞的存在。

李翰一听,吓得差点从石头上摔下来:"你、你连这个也想到了!"

"把东西分开藏,可以保险些。"小岚很满意李翰的反应,她说,"那你现在可以带我去藏经洞看看了吧,反正我都知道了。我们可以悄悄进去,不让住持大师知道。"

李翰犹豫着,小岚心里很得意,心想,这攻心计看来生效了,这回呀,李翰肯定会把秘密全告诉她了。

不过她猜错了,李翰是一个重承诺的君子,即使是面对心仪的女孩,也不会把不该讲的说出来。

他很抱歉地说:"实在对不起,我真的不能带你去。"

"哎呀!你真是死心眼。"小岚气得直跺脚。

这时候,有个僧人跑来,对李翰说:"李世子,住持大师请你马上回寺院,他说有很重要的事情要跟你商量。"

"世子?"小岚有点惊讶,"你是……"

当时人们习惯称王爷的儿子为世子。

李翰说:"我是西夏王李元昊最小的儿子。"

小岚眼睛睁得大大的:"李元昊,不就是准备攻打敦煌,令百姓惶恐终日的李元昊吗!"

"正是。"李翰脸上黯然,"我从来反对战争,奈何父亲却以打仗夺取城池为乐事。这次他有心攻打敦煌,我多次劝阻无效,所以尽量去做一些事,希望能把战争带来的祸害减到最低。这样,自己良心上会好过些,也可以帮助父亲减轻罪孽。"

"原来是这样!"小岚钦佩地看着李翰,像要重新认识他。

李翰说:"我得进去了。住持大师急着找我,一定是有大事发生。再见!"

李翰转身跟僧人走了。

小岚听到僧人一边走一边对李翰说:"刚接到消息,李元昊大军已经杀到敦煌城外,准备攻城……"

小岚心内担忧,如果敦煌城破,那莫高窟就危险了。

第10章
三个臭皮匠

看着李翰的背影远去,小岚无奈地叹了口气,正准备回客舍,谁知一转身,就见到了小云和小吉。那两人正把眼睛睁得大大的,盯着她看。

小吉不满地说:"小岚姐姐,你故意让我们入睡,自己一个人跑出来找李翰大哥玩,你真不够朋友!"

小云看着李翰的背影,声音有点变调:"小岚,你是跟李翰大哥约会吗?"

小岚一听,糟糕,有人吃醋了。

她赶紧说:"不是不是,我只是跟李翰大哥谈些事情罢了。"

小云嘟着嘴，继续不依不饶的："谈事情为什么不叫我们一块儿来。呜呜，我还把你当好朋友呢！"

小云竟掉起眼泪来。

"好啦好啦，怕了你们了！"小岚无可奈何，只好说出缘由，"我跟李大哥没别的，找他只是想打听封锁莫高窟的缘由。"

"啊！"小云和小吉同时叫了一声，小云问，"不是因为维修吗？"

"不是！是因为……"小岚又住了嘴，说，"事关重大，你们一定不可以泄露出去，连你们爹爹也不能讲。"

"行行行！我们拉钩好了，我们一定不会讲！"小吉说。

三个孩子伸出小手指，钩在一起，然后一起说道："拉钩上吊，一百年，不许变！"

小岚说："其实，自从我知道自己到了宋代之后，就希望经过努力，去弥补有关莫高窟的一件憾事，也是我们中华民族的一件憾事。"

小吉瞪大眼睛："憾事？什么憾事？"

"据有关记载，李元昊攻打莫高窟前，千佛寺的僧人们为了保护皇帝御赐的金字大藏经，还有其他珍贵书画，所以

秘密在莫高窟挖了两个洞，把这些珍贵书籍藏了起来。"

小吉插嘴说："哦，我知道了，你怀疑千佛寺的僧人封锁莫高窟，其实是掩人耳目，是方便他们秘密地挖洞。"

小岚点点头："正是，小吉真聪明！为了证实这件事，我刚才问了李大哥，旁敲侧击地从他那里得到了证实。这些天，寺里的僧人们的确在夜以继日地挖洞，准备在战争来临之前把珍贵的东西都藏进去。"

小云说："这是件好事啊！等将来战争结束，就可以把这些宝贝挖出来了。刚才小岚说是憾事，又是什么意思？"

"是的，僧人们的确是做了一件大好事，保护了许多珍贵经卷和书画。后来李元昊大军占领莫高窟，挖地三尺，但怎么也找不到藏经洞的踪影。"小岚解释说，"憾事发生在后来。这些珍藏后来的命运很坎坷。因为之后战争连年，知道藏经洞这件事的僧人们都远走他乡避难，再也没有回来。两个藏经洞渐渐被人遗忘了。直到1900年清代时，有个姓王的道士在洞里清理流沙，无意中发现了第一藏经洞。但可惜，里面琳琅满目的珍贵经书，却被王道士卖给了外国人，结果，许多极有研究价值的东西都流

失海外，留在中国的只有三分之一。我们的学者要研究这些经书，都只能向外国博物馆买微缩胶卷，不可以看到实物。"

小吉一听跳起几丈高："太可恶了！太不公平了！"

小云也气愤地说："我看都是那个王道士不好，自己国家的宝贝，怎么可以卖给外国人！"

小岚说："还有一件憾事，就是用来收藏金字大藏经的第二藏经洞一直没有找到。这批珍贵的经书不知什么时候才能得见天日，这令敦煌学者们深感遗憾。"

小吉眼睛骨碌碌地转着，他突然大喊一声："有办法！"

小云被他吓了一跳，埋怨说："你有什么好主意？别添乱了。"

小岚倒很感兴趣："你说来听听。"

小吉说："我们可以请僧人把第一个洞藏得更严，让王道士找不到，那你回去就可以把经书原封不动地挖出来了。另外，我们说服李翰大哥告诉我们第二藏经洞的位置……"

小云打断他的话："嘿，还以为有什么好主意呢！现在问题是，寺里的僧人不许我们走近半步，李翰大哥也因为要信守承诺，不肯说出秘密。"

小岚说:"如果没其他办法,就只好向李大哥说出我是未来世界的人。希望他相信我的话吧。"

小吉说:"没问题,还有我和姐姐呢!我们三个人一起去说服他。"

小岚说:"也好。只有明天一天时间了,明天晚上我就要回到未来,如果李大哥还是不肯说,那第二藏经洞就成为永远的秘密了。"

小吉突然大喊一声:"有办法!"

小云又被他吓了一跳,气得她直朝小吉瞪眼睛。

小岚鼓励地望着小吉。

小吉兴奋地说:"你走了,还有我和姐姐呀!万一明天还打听不到藏经洞的秘密,我和姐姐就继续努力,我们会死缠烂打,一直缠到李翰大哥说出秘密为止。然后,我就写一封信告诉你。"

小云没好气地说:"痴人说梦话!那时小岚已经身在一千年之后了,那信怎么寄!"

小岚却点头说:"小吉真聪明啊!我明白他的意思了,到时,你就把信放进一个容器内,埋在地下,那我回到一千年之后,去那个地方挖掘,找到容器,那样就可以收到信了!"

小吉高兴地拍起手来:"对对对,小岚姐姐也很聪明

啊!"

小云嘟着嘴说:"哼,你们都聪明,只有我最蠢。"

小岚笑着搂住小云的肩膀说:"别小气啦!其实你也很聪明呢!你之前让我顶了你朋友的名字,我才可以堂而皇之地在你家出现,才令我知道了穿越时空的原因。要不是有幸遇到你,我还真不知道怎样才能回到未来呢!"

小云这才"扑哧"一声笑了。

小岚说:"我们'三个臭皮匠,胜过诸葛亮'。我们一起想办法,保护藏经洞。"

"小岚姐姐,你为什么说自己是臭皮匠呀?多难听。我才不想做臭皮匠。"小吉嘟着嘴,有点不满,想想又问,"你说胜过诸葛亮,那诸葛亮又是谁呀?他很聪明吗?"

小岚说:"诸葛亮是明代作家罗贯中写的《三国演义》中的人物,非常聪明呢!"

"那就是说,我们比诸葛亮还要聪明。这还差不多!"小吉有点沾沾自喜。

小岚看看天边已微露晨曦,就拉着小云和小吉回客舍去了,得抓紧时间休息一会儿。

第11章
请在一千年后收信

小岚和小云是被一阵"砰砰砰砰"的声音吵醒的。

"是谁呀?砰砰砰,吵死了!"小岚揉着眼睛,爬起床。

小云说:"我看八成是小吉那小子!"

两个女孩走到门口,打开门。果然不出小云所料——小吉拿着一把铁锹,正起劲地在客舍前面的地上挖着洞。

"小吉,一大早在这里搞什么?"

"还一大早呢!都要吃午饭了。"

小岚和小云抬头一看,小吉说得没错,太阳已经高挂在头顶,已是正午时分了。

小岚说:"你挖什么?"

小吉笑嘻嘻地说:"我在挖以后藏信的洞呢!让小岚姐姐知道位置,她回到一千年后,就容易找到了。"

"聪明!"小岚朝小吉伸出大拇指。

小吉听了很得意,挖得更起劲了,连小岚说要帮他挖一会儿,他都不让。洞很快挖好了,小吉又在挎着的大布袋里找呀找呀,找到一个扁扁圆圆的陶瓷盒子。他打开盒子,把放在里面的几颗糖果倒进嘴里,然后小心地把盒子放到洞里:"小岚姐姐,你认着这个盒子,我以后会把信放进去的。"

小云有点吃惊地说:"这是爹爹很喜欢的汉代瓷器呀,你什么时候拿来装糖果了?!"

小吉说:"爹爹书房里好东西多着呢,拿走一件,小意思!"

小吉说着,又把挖出来的土填回洞里,把盒子埋起来了。

"大功告成!"小吉拍拍手上的泥土,"肚子好饿啊,我们先吃点东西,然后去找李翰哥哥,请他讲出藏经洞的秘密。"

三人吃了些带来的干粮,然后往寺庙去了。

山门前,仍有一胖一瘦两个僧人把守着,看来要硬闯是不可能了。

小岚走上前,向僧人说:"两位师父好,我是小岚。我们想找李翰大哥,麻烦师父通传一下。"

那两个僧人互相看了看,胖僧人微笑着回答说:"李世子很忙,恐怕不能出来见你们。"

小云装出一副可怜巴巴的模样,边用手背擦眼睛边说:"求求你们,帮忙通传一下,我们有很要紧很要紧的事,要跟李翰哥哥说呢!"

小吉也眨巴着眼睛,扁着嘴,装出要哭的样子:"师父叔叔,谢谢啦!请帮忙去找找李翰哥哥好不好!"

那两个僧人到底是佛门中人,素以慈悲为怀,哪禁得他们的可怜攻势,瘦僧人首先投降:"好啦好啦,你们别哭,别哭,我这就去通传。但他能不能出来,你们就别抱太大希望了,我不想看你们哭鼻子。"

"好啊!谢谢师父!"小岚说。

"师父真是天底下最好最好的好人!"小云说。

"师父真是救苦救难大慈大悲苦海无边回头是岸放下屠刀立地成佛……"说这话的是小吉,他连胡编乱造信口开河都竟然和晓星一样!

千穿百穿,马屁不穿,瘦僧人被哄得眉开眼笑,乐呵呵地往寺院去了。

三个人焦急地等了好一会儿,瘦僧人出来了。看见只有他一个人,大家就知道没希望了。李翰没有出来见他们。

瘦僧人说:"李世子说很抱歉,他有很重要的事情要做,不能出来跟你们见面。"

"什么?"小吉急了,"连出来见见都不行吗?"

瘦僧人说:"李世子说请你们原谅,如果有缘仍能见面,他再向你们当面道歉。"

小吉想闯进去:"李翰大哥不能出来,我们进去好了。我们进去看他!"

胖、瘦僧人一起阻拦,胖僧人说:"那就更不可能了,大师颁下禁制令,不许任何寺外人进去,请几位小施主原谅。"

瘦僧人接着说:"三位请回吧!李世子吩咐,请你们马上离开这里,找个安全地方躲避。他还让我看着你们离开。"

小岚三人犹豫着,都不想离开。

瘦僧人急了,说:"你们不走,李世子会责怪我办事不力,求求你们,快走吧!"

小岚不想令他为难,只好拉着小云和小吉,说:"我们走吧!"

走了一段路,小岚回头见那两个僧人没再留意他们,便拉拉小云和小吉,三个人急忙闪在一块大石头后面。

小岚说:"我们先躲在这里,一来可以等李大哥出来,二来看看有没有机会溜进去。"

大石头中间裂开了一条缝,正好可以用来观察情况。三个人坐在大石头后面,那两个僧人看不见他们,而他们却可以清清楚楚地看见山门那边的情况,还能听到僧人们在大声说话。

小云拉着小岚的手说:"小岚,你今晚一定要走吗?好舍不得你啊!"

小吉也说:"是呀小岚姐姐,我们只认识了两天,但总觉得像做了十几年朋友一样,要是你能多留些日子就好了。"

小岚说:"我也舍不得你们,但是,我今晚不回去,就再也回不去了。我有很多亲人朋友在一千年后,都望眼欲穿等我回去。还有,要是能顺利打探到藏经洞的秘密,我还要回去让埋藏多年的第二藏经洞重见天日……"

"唉……"小云无奈地叹了口气,"我们也不可以自私地留你在这里,希望你今晚能顺利地回到未来,跟亲人团聚。"

小云又指着不远处的一座小山,说:"小岚,我替你想好了,今晚十星连珠时,你就跑到那座小钟山上。爹爹不是说,

要想穿越时空回到未来,就要站在地势高的地方,尽量吸收星月精华吗?小钟山是这里最高的地方了。"

"小钟山?那不是双子山吗?"小岚看看小云所指的,那分明是双子山啊!她就是在双子山上观星,给带到这里的。

小云说:"什么双子山?那座山是小钟山呀!"

小岚突然想起什么,便问道:"那山上有两座墓,里面葬的人是为保护敦煌而去世的,你们知道他们的事吗?"

小云和小吉互相看看,然后一起摇摇头,说:"小钟山上除了几块大石头,光秃秃的什么都没有。哪有什么坟墓?"

小岚没再说什么,心想,那两座墓一定是宋代之后才有的,因为有两座年轻人的墓,所以山名都改成了双子山,对,一定是这样!

三个人继续观察。山门那边一直都没有动静,两个僧人仍直挺挺地站在那里一步也不离开,也没看到李翰从石阶上走下来。

一直过了几个时辰,眼看时间已近黄昏,大家都很着急。

突然,眼尖的小吉看见了什么,他压低声音说:"你们看,有人下来了。"

果然见到有个机灵的小僧人,手执一根棍棒,从石阶上匆匆跑下来,喊着:"两位师兄!"

胖僧人见了,忙问:"你们那边的工作干完了吗?"

小僧人道:"完了!东西都藏好了,住持大师正在让大家收拾东西撤退。"

瘦僧人说:"那我们两个什么时候撤离?"

"刚接到消息,敦煌城军民还在拼死抵抗,相信定难军一时还攻不进来。"小僧人说,"李世子还在画画,大约要两三个时辰才能完成。住持大师让我来告诉你们,还要继续坚守岗位,李世子画好画后,会来找你们,你们保护世子一起离开。"

"好!你请住持大师放心,我们俩一定会保护好世子。"两名僧人异口同声地说。

小云听到这里,担心地说:"寺院里的僧人准备撤退了,李翰大哥怎么还不走呢!"

小吉说:"好奇怪,都什么时候了,李翰哥哥还顾着画什么画呢?"

小岚眼珠骨碌碌地转了几转,定难军都要打来了,这么危急的时候,李翰大哥还要画画,这画一定很重要!

"噢,我知道了!"小岚喊起来,"我知道李大哥留

下来干什么了！"

小云着急地问："快说，他在干什么？"

小岚说："他一定是在刚封好的藏经洞口上画画，好把藏经洞掩藏起来。"

小云恍然大悟："对，一定是这样！李大哥好了不起啊！"

小吉说："希望他来得及在定难军打来之前画好吧！要不，让军队找到了藏经洞，那就前功尽弃了。"

小岚说："要是定难军打到这里，必要时我们也要阻拦敌人，一定要让李翰大哥有时间把洞口掩藏好！"

"对，我们一起保护李大哥！"小云、小吉点头说。

三个孩子密切注视山门那边的情况，约半个时辰后，突然见到天空飞来一只鸽子，它拍着翅膀，落到了山门前的地上。两名守门僧人向鸽子跑去。

小岚说："那是信鸽！"

小云问："小岚，什么是信鸽呀？"

小岚回答说："信鸽就是负责送信的鸽子，它们都是受过专门训练的。送信人把信写好放进小竹筒里，绑在鸽子腿上，鸽子能准确无误地把信送到目的地。"

小吉惊叹道："真厉害！我以后也要养信鸽，让它专

给我送信。"

这时候,小岚见瘦僧人弯腰抱起鸽子,从鸽子腿上取出一个小竹筒,又从竹筒里拿出一个小纸卷。

小吉惊叹道:"小岚姐姐,你真是料事如神,一切都跟你说的一模一样呢!"

瘦僧人打开纸条一看,马上喊道:"糟了!"

胖僧人吓了一跳:"什么糟了?快告诉我,我不识字呢!"

瘦僧人说:"敦煌守军报信,敌人已攻入敦煌城,李元昊带领的定难军很快就要打到这里了!"

胖僧人大惊:"那我们怎么办?现在就走吗?"

瘦僧人说:"我们不能走!李世子还没画好画呢,万一定难军打到,我们拼死也要挡住他们,不能让他们攻入莫高窟!"

胖僧人忧心忡忡地说:"早知道让大师多留一些人。现在就我们两个,恐怕难以抵挡敌人。"

突然,听到有几个声音异口同声地说:"还有我们三个人呢!"

两名僧人吓了一大跳,一看,不远处的大石头后面,站起三个人。

第12章
录音笔退敌

相信聪明的读者已经猜到,那三个人正是小岚、小云和小吉。

他们从藏身的大石头后面跑了出来,跑到山门前面。

"你们还没走?"两名僧人大吃一惊。

瘦僧人说:"定难军很快就要打来了,请你们立即离开这里!"

小云嘟着嘴说:"你们刚才不是说,要是再多一些人帮忙就好了。我们听见了才来帮忙的呀!"

胖僧人说:"哎呀,你们这么小,能帮什么忙,等会儿我们还得保护你们呢!"

小吉说:"师父,别小看我们!我们是少年三剑侠,智勇双全、力大无穷、无所畏惧、天下无双……"

瘦僧人可没时间去听那一长串四字词,他打断小吉的话:"不行!"

"你们势单力薄,怎能抵挡定难军的千军万马呢!别再啰唆了,从现在起,由我来当指挥官。"小岚用不容反对的语气说,"小云,小吉,胖师父,瘦师父,全部听令!"

小岚此时公主风范尽现,那种坚定和威严,竟令两名僧人无法抗拒,只能齐声道:"是!"

小云和小吉早就唯小岚马首是瞻,此时也异口同声地说:"是!"

小岚大声命令:"两位师父马上登上山门楼,严密监视敌人情况!"

"是!"两名僧人应声而去。

"小云、小吉,我们一起去布疑阵。"小岚朝小云、小吉招招手。

"布疑阵?咦,好玩!"小吉十分感兴趣。

小云也跃跃欲试:"怎么布法?"

"我关上山门,在里面放录音,你们到外面听一下,

看效果如何。"

"是,指挥官!"小云、小吉急忙跑出山门,停在十几米远的地方。

小岚找到在片场录的打仗场面的音效,按了播放按钮,马上,"冲啊杀啊"的声音震天动地。

小云和小吉欢天喜地跑回来,向小岚报告效果良好。小岚按停了录音笔,刚想说什么,却见到两名僧人慌慌张张跑下来,边跑边嚷:"定难军来了!定难军来了!"

小云和小吉不禁大笑起来。

小吉指着门外,说:"定难军?连只苍蝇都没有呢!哪儿来的定难军?"

两名僧人瞧瞧山门外,真的连人影都没一个,不禁莫名其妙。他们刚才明明听到了呐喊声,那声势就像千军万马杀到一样,所以也没看清楚就慌慌张张跑下来了。他们不明白,呐喊声是从哪里来的,而且为什么说没就没了。

见两名僧人东张西望,一脸错愕的样子,小岚淘气地又一按录音笔,两名僧人大惊,待发现声音是从小岚手中那支跟毛笔差不多样子的古怪东西发出时,又大叫起来:"妖怪,妖怪!"

小岚没有时间跟僧人解释录音笔是怎么回事,便乱编

了个名字:"这不是妖怪,这是'镇妖笔',专门发出声音来吓退敌人的。等会儿李元昊的定难军打来时,我们只管紧闭山门,在里面放出这些声音。定难军以为山门内有千军万马守着,一定不敢轻举妄动,这样我们就可以争取时间,让李翰大哥把画画好了。"

"镇妖笔?啊,厉害,厉害!"两名僧人盯着录音笔,又惊又喜。

一切准备妥当,五个人都上了山门楼。

这时天色已黑,但幸好月色明亮,眼睛还能勉强辨认近处景物。

半个时辰之后,小吉首先嚷起来:"有兵马来了!"

大家仔细一看,果然见到远处有火光,又隐约听到人喊马嘶的声音。

声音越来越近,可以看到,大约百多个手持火把的骑兵直奔山门而来。

小岚把录音笔交给小吉,又吩咐了他几句,小吉便笑嘻嘻地走下去了,在山门内候着。

这时,小岚故意发出粗粗的嗓音,喊道:"来者是什么人?"

队伍前面一名手持大刀的军官耀武扬威地喊道:"里面的人听着,我们是西夏王的先头部队,来接管莫高窟和千佛寺。你们马上打开山门,迎接定难军,我们保你们平安无事。"

小岚道:"这里是佛门清静地,不可以让你们军队践踏。你们快走吧,否则后果自负。"

军官大怒,说:"你们竟敢违抗西夏王的旨意,看我马上踏平此地!"

"哈哈,好大的口气,你们小猫三两只,就想闯进来,你听听我们守军的气势吧!"小岚大声喊道,"勇士们,拿出你们的威风来!"

楼下山门内的小吉,一听到小岚的暗号,马上按动录音按钮,播放录音。霎时间,喊杀声惊天动地,在山门内响起。接着又是一阵马嘶人喊,似千军万马藏于寺内。

那军官本来趾高气扬的,正策马冲向山门,一听到这声音,马上惊慌地勒住马往回逃,那些紧随他身后的士兵也吓得转身就跑。一时间,场面十分混乱。

等那队人马退出百米之外,小岚又大喊一声:"勇士们,肃静!"

小吉一按录音笔的停止按钮,山门内霎时鸦雀无

声了。

定难军官兵个个呆若木鸡,他们一定以为山门内藏着一支既庞大又纪律严明的军队。定难军先头部队被吓唬住了,他们按兵不动,在百米之外守着。

大家都高兴得欢呼起来。小云搂住小岚,开心雀跃:"小岚,我们成功了!我们成功了!"

两名僧人双手合十,感谢菩萨保佑,然后又直朝小岚竖大拇指:"小姑娘,你的镇妖笔真厉害。"

小吉蹦蹦跳跳地跑上来,边跑边扬着手中的录音笔:"小岚姐姐,这笔真好玩,真好玩,一下就把敌人吓退了!"

小岚得意地笑着:"哈哈,这叫正义必定战胜邪恶!"

瘦僧人说:"如果能再抵挡一个时辰,李世子就可以把画画好了。"

五个人在门楼上监视着敌人,过了一会儿,又见到远处出现了火光,那火光漫山遍野,像是很多人往这里来了。

是定难军主力部队?大家不禁紧张起来。

火光越来越近,已听到人喊马叫的声音,看样子人数

不少!

不一会儿,那支队伍已跟先头部队汇合了。

火光照耀下,可以清楚见到领队的是一个气宇轩昂、身穿将领服饰的中年男人。先头部队的军官一见,立即翻身下马,向中年男人叩头行礼。

小吉说:"这人一定是个大将军。"

小岚肯定地说:"是李元昊!"

小云吃惊地问:"你怎么知道的?"

"因为……"小岚刚想说,她在现代时看过一幅李元昊的绣像,但又怕说出来吓着了两名僧人,便说,"我会算!"

这时候,听得那军官大声说:"先锋宇文茂恭迎西夏王!"

小吉惊讶地说:"小岚姐姐,你好厉害啊!那人果然是李元昊呢!"

小云说:"我们赶快如法炮制,吓退李元昊的军队。"

小岚见李元昊带来的军队,起码有两三千人,心内不禁嘀咕:李元昊向来骁勇,又带了这么多人马,他会不会被吓倒,还很难说呢!

但小云和小吉挺乐观的,小吉已经跑下门楼,边跑边说:"小岚姐姐,我下楼去了!我们还是按刚才的暗号,你一喊,我就按按钮!"

小岚观察着李元昊,只见那军官跟他指手画脚地说着话,看手势应是告诉李元昊山门内有很多人马。李元昊脸露怀疑,似乎不相信。

两名僧人显然都感到了压力,胖僧人说:"向来听说李元昊勇猛非常,他会惧怕寺内兵马吗?"

小岚说:"这也是我担心的。不过,见机行事吧!"

这时候,李元昊策马向前两步,大声喊道:"里面守军听着,我是西夏王李元昊。本王到此,只为礼佛烧香,并无恶意,请开山门,让我们进去。"

小岚说:"西夏王大驾光临,有失远迎!礼佛烧香本是好事,本寺欢迎之至。但为何王爷礼佛要带上大批军队,刀光剑影的,似乎并无善意!"

李元昊不耐烦了,他说:"本王出行,有卫队保护,这有何不可?废话少说,马上打开山门,让我们进去。"

"西夏王根本是来者不善,礼佛只是借口,要进来,

听听勇士们答不答应!"小岚说,"勇士们,拿出你们的威风来!"

小吉一听,马上按下按钮播放录音。霎时间,山门内响起惊天动地的喊杀声。

定难军士兵一听都大惊,连马都嘶叫起来。李元昊也显然吓了一跳,那匹马一连后退了几步,但他很快勒住马,不让它逃跑。

小云握紧拳头,喊道:"逃呀,快逃呀!"

定难军士兵见李元昊不动,也不敢再走,一个个硬着头皮留在原地。

小岚心里暗暗着急,怎么还不走?再这样下去,李元昊会看出破绽的。

正在这时候,楼下突然静了下来,呐喊声停了。

小岚吃了一惊,这小吉怎么搞的,自己还没有发暗号叫停,怎么就停了呢!现在正是能否吓走李元昊的关键时刻啊!

她正想跑下去看看怎么回事,却见到小吉气急败坏地跑上来了:"小岚姐姐,它没声了,怎么办?"

小岚接过录音笔一看,糟糕,没电了!

第13章
李翰之死

小岚正看着录音笔发呆,小云过来问:"怎么啦?怎么啦?"

小岚说:"它没电了,无法再发出声音了。"

"啊!"小云和小吉虽然不知道"电"是什么,却把"无法再发出声音了"听得明明白白,都吓坏了。

"我们没办法再抵挡定难军了。但李大哥还没下来呢!怎么办?"小云喊道。

小岚毫不犹豫地说:"我们下去顶住山门,能顶多久就多久。"

胖僧人说:"我看顶不了多久的,那道山门其实只是

薄薄的木板而已。"

小岚想了想说:"两位师父,你们赶快上去帮李世子,让他赶快把洞口掩藏好。我们在这里再想办法,尽量拖一会儿。"

看着三个未成年的孩子,两名僧人都有点犹豫,瘦僧人说:"不行,要不你们去帮李世子,我们来应付定难军。"

小岚说:"别争了,你们不能落到李元昊手里,否则他一定会向你们逼问经书下落的。我们只是俗家孩子,他们也晓得我们不知情,所以应该不会太难为我们。"

"这……"两名僧人还在犹豫,不忍心留下三个孩子。

"哎呀,别婆婆妈妈的,快走吧!"小岚急得直跺脚。

两名僧人只好走了。

小云突然想起什么,她惊叫起来:"小岚,差点忘了一件大事!"

"啊!"小岚有点迷惘,"什么事?"

小云指着天上说:"快看,快看!"

辽阔的夜空,星光灿烂,其中有十颗星星又大又亮,它们已经在缓慢地靠拢着,看样子很快会连成一线了。

十星连珠！小岚猛然记起，今晚子时，十颗最亮的星星会连成一线，自己得在那一刻回到小钟山，在星月交辉时回到未来！

小吉也喊了起来："哎呀，我都差点忘了。小岚姐姐，你快赶去小钟山吧，现在去还来得及，这里由我和姐姐顶着。"

小岚犹豫了。

的确，离十星连珠的时间很近了，得马上赶去那里。要不，她只能永远留在这千年前的世界了。

可是，怎可以留下小云和小吉，让他们去面对这千军万马呢！

况且，他们也不可能挡得住。这样的话，未掩藏好的藏经洞便会暴露，大量宝贵典籍会遭受抢掠蹂躏，结果什么都没有留给后世。

她迅速下了决定。

"小云，你先和小吉去小钟山，在那里等我。"她说。

小云诧异地说："为什么？不是应该你去那里，我们留下吗？"

小岚说:"我自有办法对付定难军。你们只管离开就是,我很快就来跟你们会合。"

小吉死活不肯:"不,我们要和你一起对付定难军,一起去小钟山。"

小岚哄他说:"不,还是你们先走。我要施法术阻拦定难军,施法术的时候,你们不能留在这里,否则会受伤的。"

"啊,你会施法术?小岚姐姐,你好厉害!定难军一定攻不进来啦!"小吉很高兴。

小云说:"那好吧,我们就先去小钟山。小岚,你快点来啊!否则你就来不及回去了。还有,你一定要带着李大哥来……"

小岚推着他们说:"知道啦知道啦,你们快走吧,我要施法术啦!"

看着小云和小吉远去的背影,小岚松了一口气。叫小云、小吉先去小钟山,是让他们离开这危险的战场,她早已打定主意,独力与定难军对抗,即使最后为了保护莫高窟而死,也值得!

门外,定难军叫嚣着。有了李元昊这个主心骨,加上

山门内没了喊杀声,他们的胆子大了起来。

"快开门,不然我们要撞门啦!"

"出来呀,鼠辈,怎么不出来对阵!"

"快交出金字大藏经,饶你们一命!"

李元昊的野心终于暴露了,他的目的就是金字大藏经。

"弟兄们,冲啊!"李元昊大喊一声。

山门外,喊杀声震天,定难军开始冲过来了。

只能尽量拖延时间……小岚吁了一口气,镇定地把山门打开了。

门外,数千人马,每人都手持火把,将山门前的广场照得如同白昼。

李元昊率领的定难军,在离小岚十几米远的地方停住了。

虽然有数千之众,却鸦雀无声,连马儿都停止了嘶鸣。包括李元昊在内,所有人都呆若木鸡,几千双眼睛全盯在小岚身上。

还以为会涌出许多精壮士兵,怎么走出来一个纤纤女孩?

她超越时代的美丽,她不同凡响的气质,她强敌当前的气定神闲,以及宋人眼中的古怪装扮——短发、T恤、牛仔裤……

神仙?

几乎每个人心里都这样想。在他们心里,只有天上仙女,才能有如此超凡脱俗的美,才能在强敌面前面不改色。

"你……你是什么人?"英雄盖世的李元昊,竟口吃起来。

小岚微微一笑:"我是小岚公主。"

"公主?"李元昊狐疑地看着小岚,脑子飞速转动着,这女孩如此美丽、如此有胆识,也真像个公主。

李元昊放软了语气:"你是哪国的公主?"

小岚微笑着说:"乌莎努尔公国。"

"乌莎努尔公国?"站在李元昊旁边的宇文茂说,"哪有这个国家?我从来没听说过这个国名。"

小岚笑道:"你当然没听过,这个国家现在还没建国呢!"

"你!"宇文茂觉得受了捉弄,怒形于色。他拿出弓

箭,想去射小岚。

"住手!"李元昊制止了他。

李元昊上下打量着小岚,要是别的小姑娘见到眼前这阵势,恐怕早吓得哭爹叫娘了,眼前这女孩子却镇定自如,毫无怯色。

这女孩子究竟是谁?

她说她是公主,也真的很有公主的风范。莫非是宋仁宗的女儿?

不会!宋仁宗虽然有十多个公主,但没听说过有这么出类拔萃的。

看她那穿着打扮和气度,真不像当时的女孩儿。李元昊真有点迷惑了,她究竟是人还是神?

小岚正想要李元昊有这样的反应,他越疑惑,就越能拖延时间,就越能为李翰争取到时间。

一旁的宇文茂按捺不住了,这人向来性子暴躁,又自恃是李元昊的心腹大将,平日便喜欢自作主张。这次进攻莫高窟,他在李元昊面前夸下海口,说拿下寺中住持易如反掌,手到擒来,保证问到金字大藏经的下落。谁知在山门前就被挡住了,令他在李元昊面前丢尽了脸。

现在主力队伍来了,而眼前不过是一个小毛丫头,但竟然令李元昊却步,这未免太丢脸了!

他决定助主帅一臂之力,于是悄悄举起弓箭,瞄准小岚就是一箭。

这宇文茂生得强壮有力,又素有"神箭手"之称,这箭一发,正以雷霆万钧之力,直向小岚飞去。

小岚把注意力全放在李元昊身上,并未留意他旁边的宇文茂,所以不知道闪避。

情况危急,小岚性命危矣!

突然,一个人从小岚后面冲上来,往小岚前面一挡!几乎是同时,那箭"嗖"一声,正中那人胸口。

那人身体猛地抖了一下,缓缓倒下了。

小岚还没来得及弄清发生了什么事,那人已倒在她的怀中。

"李大哥!"小岚惊叫起来。

那救了小岚的人,正是李翰。

当两名僧人跑到藏经洞时,李翰刚刚把用来掩藏洞口的画画好,他叫僧人先由秘道离开,然后跑来找小岚他们。当他走近时,竟发现一根箭向小岚飞来。他来不及多

想，就飞扑过去，用自己的身体为小岚挡了那一箭。

"李大哥！李大哥！"小岚抱着一动不动的李翰，大声尖叫。

李翰睁开了眼睛，他困难地问道："你……有没有……受伤？"

小岚泪如泉涌："我没事，没事！是你救了我。"

李翰苍白的脸上露出了一丝笑容。

小岚看着气若游丝的李翰，心如刀割："李大哥，你千万要挺住！人世间还有很多美丽的东西等着你去描绘，你一定要活下去……"

李翰目不转睛地看着小岚的脸："我……我已经……描绘了……人世间最美好的，我……无憾……"

李翰头一歪，昏过去了。

"李大哥，李大哥！"小岚惊叫着。

这时，李元昊策马跑来了。他身后的宇文茂见射中了人，得意忘形，又拿出一根箭，搭在弦上，把箭头对准小岚。几千人马，更是气势汹汹，把小岚两人围住，嘴里还发出"嘿嘿嘿"的呐喊。

小岚毫不畏惧，她昂起头，对李元昊和宇文茂怒目而

视,大喊着:"杀人犯!你们这些杀人犯!"

宇文茂喝道:"黄毛丫头,如此放肆!还不快快让路,否则这人的下场就是你的……"

宇文茂话未说完,李元昊突然大喝一声:"住嘴!"

他慌张地跳下马来,冲向李翰:"天哪,是翰儿,翰儿!"

他一把推开小岚,把李翰搂在怀里:"翰儿!翰儿!你怎么啦,你快醒醒!"

不管李元昊怎样呼唤,李翰仍然毫无声息。

李元昊一转头,指着宇文茂大骂:"你这个混账东西,要是我儿子死了,我要你偿命!"

宇文茂见自己闯了大祸,吓得面如土色。

李元昊又低下头,焦急地喊着:"翰儿,你醒醒。"

李翰眼皮动了动,终于睁开了眼睛:"爹爹,是您?"

李元昊一见,顿时英雄气短,眼泪直流:"翰儿,翰儿啊!都是爹爹不好,爹爹利欲熏心,一心要抢金字大藏

经,才连累你身受重伤。翰儿,如果你能好转,我什么都可以不要。"

"爹爹……"李翰说,"孩儿……有个请求,敦煌的人很善良,别伤害他们;莫高窟很美,别破坏它……还有……善待小岚,她是我的……好朋友……"

"好好好,我一定照办,你放心好了!"李元昊点着头。

李翰呼吸越来越困难,他仍艰难地转动着眼珠,像在寻找什么,他的目光落在小岚脸上:"小……小岚,认识你是我此生的荣幸。"

"我也是……"小岚泪流满脸。

"记住……"李翰嘴唇蠕动着,但声音越来微弱,"……记住,你是藏经洞的守护者,你是藏经洞的守护者,你是藏经洞的守护者,我让你守护着藏经洞……"

李翰一连讲了几遍"你是藏经洞的守护者",小岚想,他一定是想让自己保护好藏经洞里的东西,但自己连藏经洞在哪里都不知道呢!她很想问清楚李翰藏经洞的位置,但又不能让李元昊听到,只好点头说:"你放心,我会守护好藏经洞的。"

李翰苍白的脸上露出了灿烂的笑容,他又看着父亲:

"把我……葬在……小钟……山上,我……要……看着……莫高窟……"

他靠在李元昊臂弯里的头突然一歪,合上了眼睛。

小岚尖叫着:"李大哥,李大哥!"

她看着李翰那张酷肖万卡的脸,心中痛楚,仿佛是最心爱的人离开了自己。

"啊!"李元昊一声长啸,"翰儿,翰儿啊!"

李翰没有回答,他把满腔鲜血,洒在了敦煌的土地上,把年轻的生命,献给了莫高窟艺术……

第14章
时空器奇迹出现

小钟山上多了一座新坟,那是李翰的墓。

完成祭奠仪式后,李元昊伤心地走了。看着他一夜之间变得微驼的背,小岚心里不禁生出了一丝怜悯。

李元昊全部兑现了对儿子的承诺:严禁士兵屠杀敦煌民众,令那里的人民总算逃过一劫;虽然仍然派军队把莫高窟搜了一遍,但明令不可破坏那里的一塑像一壁画;对小岚虽然满肚子怒气(要不是她把军队挡住了,就不至于连和尚都没抓到一个,无法查到金字大藏经的下落),但也没敢动她分毫。

"小岚,我跟小吉去摘些沙枣花来。"小云说完拉着

小吉走了。

小岚站在李翰墓前，那墓是用石头砌成的，呈半圆形，四面还用石块砌了围栏，李元昊特地叫人从敦煌城运来石块，还请来巧手工匠，为儿子尽了最后一点心意。

小岚看着碑上李元昊亲自写的那两行字：

爱儿李翰之墓

父泣立

她心里一酸，眼泪不禁又掉了下来。

她见碑上的字沾了点泥巴，便用袖子轻轻地擦着，突然，她的目光停在"父泣立"三个字上，天哪，这不是双子山上那墓碑上的字吗？原来，李翰就是为保护莫高窟而死的"双子"之一！

小岚很激动，怪不得早前在现代时，自己见到双子山上的两座坟，会显得那么关心，很想去知道墓里躺着的是什么人。原来是与自己有这样密切的关系！

"李大哥，如果我有幸回到21世纪，我一定会为你重新修葺墓地，一定会在莫高窟的功臣榜上，写上你的名字，并把你的故事传扬开去……"

小岚又想，那另一座墓里又埋着谁呢？不会又是自己

认识的人吧？小岚心里突然一阵惊慌，不会，不会的，不会那么巧的！

这时，小云和小吉每人抱着一大束沙枣花回来了。

小吉把自己的花分了一半给小岚："小岚姐姐，这个给你。"

小岚接过花，小小的、黄黄的、不起眼的沙枣花，散发出一股甜甜的、清新的香气，给人一种淡雅、宁静的感觉。

小岚把花轻轻放在李翰墓前，她仿佛觉得那花就是李翰的精灵，因为它跟李翰一样，都是那样的清雅脱俗。

小吉也把花放在李翰墓前："李大哥，你一个人住在里面，一定很寂寞。要是真有鬼魂的话，你就常常出来找我们玩吧！我虽然怕鬼，但我不怕好人变成的好鬼，你来吧，我一定不会害怕！"

小云显得分外伤心，自从李翰去世后，她终日恍恍惚惚的，好似梦游一样。李翰是她情窦初开第一个喜欢的男孩子啊！

小云"扑通"一声跪在李翰墓前，抽抽泣泣地把花搁下："李大哥，你好狠心，怎么一句告别的话不说就走了呢！呜呜呜……"

小岚赶紧扶起小云,拉她在墓对面的一块大石头上坐下,一边给她擦泪水一边说:"别哭,这样会令李大哥不安的。或者你可以这样想,李大哥没有死,他只是突然去了一个很远很远的地方,那里有高高的山,有清澈的水,还有如诗如画的城市……"

"对!李大哥很喜欢那里,就留在那里了,他在那里做了很多好事,人民很爱他,后来,还拥护他做了国王,所以,他回不来了……"小吉也过来了,坐到小云身边,"我想,李大哥现在一定正坐在清澈的湖边,拿着画笔画风景呢!"

小云脸上浮现出了多日不见的笑容:"他不能回来,我可以给他写信。"

小吉乖巧地从"百宝袋"里拿出一些信笺:"姐姐,我送这漂亮的信笺给你。"

那信笺是粉红色的,形状短小别致。小岚一见脱口而出:"薛涛笺!"

"薛涛笺?原来这叫薛涛笺!"小吉好奇地看着信笺,"又是好东西吗?我随手从父亲的书桌上拿的,打算用来折纸飞机。"

"当然是好东西!唐代有一位女诗人叫薛涛,她喜欢自己造纸,然后在上面写诗。她用来造纸的原料是一种叫木芙蓉的植物,她取自己宅旁浣花溪水制作,故又名浣花笺。"

小云拿过薛涛笺,说:"真是太好了,我也用它写诗,每天来念给李大哥听。"

见到小云心情好点了,小岚才放了心。

小吉又对小岚说:"小岚姐姐,你错过了十星连珠的时刻,无法再回到一千年后了。不如你就跟我们一起生活吧,以后,你就是我的亲姐姐。"

小云也说:"是呀,你能跟我们一块儿生活,这真是太好了,我爹爹也一定会很欢迎你的。"

"谢谢你们。我会永远记得,自己在这一千年前的世界,曾经得过你们两位好朋友的帮助。要不是你们,说不定我会流落异乡,在这一千年前饿死、冻死,甚至老死呢!我很珍惜我们间的友情,我也很希望能和你们的友谊地久天长。"小岚说到这里,轻轻叹了口气,"可是,我在21世纪有很多未做完的事,那里也有很多令我牵挂的亲人、朋友……"

小云点点头说:"我明白,要是我突然去了一千年

前,我也会牵挂着这里,牵挂着爹爹的。"

小岚仰望长空,她想念一千年以后那片天空下的养父母,想念晓晴、晓星,更想念万卡——那个深爱着自己的、多次在危急关头救了自己的万卡。自己失踪,他们一定担心死了,要是真回不去,他们不知难过成什么样!

李翰为救她而去世,加上又错失了回去的机会,小岚心里十分难过,她一向无忧无虑的脸上,挂上了一丝愁云。

小吉从没见过小岚这模样,他不知说什么安慰的话才好,只好拼命翻他挎着的"百宝袋",希望翻到一件好东西送给小岚,逗她开心。翻着翻着,他掏出一个黑色盒子。

小岚看着那个盒子,眼睛睁得大大的,心"砰砰"乱跳。她实在不相信竟有这样的好运气——天哪天哪,那不是晓星丢失了的时空器吗?

她一把将小吉手里的黑盒子抓过来。那盒子扁扁平平的,小小的,黑亮黑亮的。

不是时空器是什么?!

小吉见小岚拿过了盒子,便说:"小岚姐姐,这也是

好东西吗？你喜欢就送给你好了！这是我前些时候在地上捡的，也不知道是什么。"

小岚开心得喘不过气来："好东西，好东西，最好最好的好东西！小吉，谢谢你，你真是我的救星。"

晓星丢的时空器，竟然落在一千年前，又让一个跟晓星长得一模一样的男孩捡到，这事真是太巧太巧太巧了！

小岚惊喜万分，她用指甲在盒子上那条细细的缝里一撬，把盒子打开了。

精巧的小零件，头发丝般细的电线，中间还有个日期显示屏，上面闪着绿绿的字……

千真万确，真是久违了的时空器！

小云和小吉看得目瞪口呆，还以为只是一个光不溜秋的古怪东西，谁知内里有乾坤。小吉嚷道："这是什么？那一闪一闪的是什么呀？好有趣！"

小岚回答："是时空器……"

小岚还没说完，小吉就一把从小岚那里拿过了时空器，又好奇地在上面乱按起来。

"别按！"小岚一见忙制止他。

但可惜，晚了！

盒子开始有变化，里面亮起了一盏小红灯，小红灯动了起来，滴滴滴滴，滴滴滴滴……

小吉惊讶地喊着："小岚姐姐，怎么啦？"

话音未落，他们坐着的那块巨大的石头，突然转动起来，越转越快，越转越快……

三个人吓得抱作一团。

第15章
穿越另一时空

　　天旋地转,小岚和小云、小吉被一股力量无情地翻卷着,他们像掉进了一个深不见底的洞……

　　不知过了多长时间,终于,他们一个接一个掉落地面了。

　　小岚因为有了几次穿越时空的经验,所以很快就清醒了。她发现身下软软的、暖暖的,用手一摸,抓了一把沙子,原来掉在沙子上,怪不得掉下来时不怎么痛。

　　听到身旁有人哼哼,一看是小云,她蜷缩着身子躺着,摸着肩膀叫痛。

　　只见小吉坐了起来,"呸呸呸"地吐着沙子,原来他掉下来时脸贴着地,不小心吃了一嘴沙子。

小岚心里暗暗庆幸,好在三个人没有失散,要是东一个西一个,那找起来就麻烦了。

"起来!"小岚使劲把小云拉了起来,"你们没事吧,有没有摔着了?"

小云仍哼哼着:"妈呀,究竟发生了什么事,好像一阵狂风把我们刮了很远很远……"

小吉却很兴奋:"好玩好玩,会不会是我按了那个什么器,结果像小岚姐姐一样穿越时空了?我们是去了一千年后,小岚姐姐那个年代吗?小岚姐姐,我要去你家玩!"

小岚生气地说:"你手乱按,还不知道你按了哪一年呢!要是去了侏罗纪时代,我们就会被那些巨大无比的恐龙当早餐吃了!"

"恐龙?"小吉一听,显得十分兴奋,"恐龙真的很巨大吗?有没有我们隔壁李员外的看门狗大?"

小岚没好气地说:"什么看门狗!那恐龙呀,比你们家的房子还要大好几倍呢!"

小云慌得直往小岚背后躲:"恐龙好可怕!哪里有恐龙?我不要见到恐龙!"

小吉也吓得脸色发白:"这么大,我不要!让恐龙咬

一口,'咔嚓'!"

"啊!"这回是小云和小吉两姐弟一起尖叫起来了。

小岚由他们叫去。她环顾周围环境,想知道他们究竟到了哪里。当她一转身时,马上吃惊地大叫起来:"啊!你们看!我们还在原来的地方呢!"

顺着小岚的手望去,只见茫茫沙漠上,耸立着一长溜熟悉的古朴建筑,在蓝天下勾画出美丽的剪影。

那不是莫高窟吗?

大家望着莫高窟发呆。

看来大家都表错情了,原来并没有穿越时空,他们仍然在莫高窟。

小吉见危险解除,便说风凉话:"本来见见恐龙老兄也不错啊!"

小云捶了他一下:"刚才不知谁害怕得鬼叫呢!"

小吉刚要辩解,忽然听到"丁零丁零"的铃声,一看,有几辆马车正朝他们而来。

阳光下,可以清楚看到,驾车的男人头顶光溜溜的,胸前还搭着一条长辫子……

小吉惊讶得很，说："那人的打扮真怪！"

他话没说完，小岚就惊叫起来："啊，原来我们真的穿越时空了呢！我们来到清朝了！"

小云、小吉一听，异口同声问道："清朝有恐龙吗？"

听到小岚否定的回答，他们才放了心。

小云又问："清朝？清朝是什么朝代？离宋朝多久？"

小岚说："宋之后是元朝，元之后是明朝，明之后才是清朝，我们来到八百年后了！"

"啊！八百年？！"小云和小吉大张着嘴巴。

小吉又狐疑地看着周围："八百年后，怎么跟我们那时差不多样子？"

小岚说："这里除了沙子还是沙子，再过八百年还是一样，不会变的。"

小云说："既然样子没变，那你怎么知道现在是八百年后？"

小岚指着走近的马车："你们看，那人头上的辫子就是证明。因为自从爱新觉罗·皇太极灭了明朝，建立清朝

后,就要所有汉人都按满族习惯,把前颅、两鬓的头发全部剃光,仅后颅留下头发,编成一条长辫。"

小吉惊讶地说:"这种打扮太古怪了,清朝的人干吗打扮成这样啊?"

小岚解释说:"这种发型有助于打仗时佩戴头盔与军帽,头皮面积增大摩擦力也会增加,可以避免打仗时头盔或军帽歪斜遮住眼睛,或者掉落。还有头光光的容易辨认,战场上可以避免被自己人误杀。"

"原来是这样!"小吉灵机一动,"咦,清代,不正是你提到的那个王道士的年代吗?要是现在王道士还没有发现藏经洞,那就好了。我们可以抢先把宝物挖出来,重新藏好,那王道士就不能把宝物送给别人了。"

"小吉的脑筋就是灵,你跟我不谋而合呢!"小岚又说,"等会儿我去向马车上的人打听清楚,我会见机行事,你们别出声,免得露了破绽。让人知道我们来自别的年代,那会很麻烦。"

"好,我们不出声!"小吉做了个用针线缝嘴唇的动作。

马车"丁零丁零"地走过来了,见有三个古装打扮的孩子站在沙漠里,前面那辆车的赶车人"吁"一声,喊停了马。

赶车人用惊讶的目光上下打量小岚三人:"你们是哪家的孩子?干吗穿成这样?"

三个人顿时语塞,他们都忘了自己穿着宋朝服饰。

幸好小岚机灵,上前说道:"叔叔,我们是戏班的人。"

"哦,怪不得穿成这样!"那人说,"真巧,我们也是戏班的人呢!"

"什么事?为什么停车?"这时,车帘一揭,篷车里走下来一个人。他身穿长袍马褂,头戴一顶瓜皮帽,是典型的清装打扮呢!可能因为风沙太大,他用一条围巾遮了大半张脸,看不清样貌,但听声音应很年轻。

"任班主,是三个孩子,他们也是戏班的。"

那人下了车,可能觉得捂着围巾说话不方便,便把围巾拿下来了,露出了整张脸。

"啊!"小岚,还有小云、小吉,一起惊叫起来。

太怪异了!刚下车的那人,竟长得跟李翰一模一样!

小吉想起自己在李翰墓前说过的话,吓得倒退两步:"李……李大哥,你该不是听了我的话,真的来找我们玩吧!"

小云一点也不害怕,她用哀怨的眼神看着任班主:"李大哥,难道你舍不得我,特地回来找我吗?"

小岚不信有鬼,她只是觉得太不可思议了,怎么会一连碰到两个跟万卡长得一模一样的人?之前是李翰,现在是眼前这位任班主。

任班主见三个人如此反应,十分奇怪。

小岚最先清醒过来,她赶紧晃晃小云和小吉:"喂喂,你们醒醒,他不是李大哥呢!"

小吉说:"我也觉得不是,李翰大哥怎么会当了戏班班主呢!"

小云却不同意:"不,我宁愿是,我宁愿李大哥还活在世上。"

小岚见任班主听得一头雾水,便说:"任班主别见怪,因为我们一个很要好的李大哥刚刚去世了,他跟你长得十分相像,所以我们都失态了。"

任班主恍然大悟,忙说:"不要紧不要紧,我怎么会怪你们呢!你们要是不嫌弃,就叫我任大哥或者竹天大哥吧!"

小岚和小吉都脆脆地喊了一声:"任大哥!"

唯有小云还死抱住幻想:"不,我要叫你李大

哥！"

"没关系，你想叫就叫吧！"任竹天一脸怜悯地看了小云一眼，又问，"你们……你们为什么穿着戏服跑来这里？"

"我们……"小岚发挥了她的编故事天分，"我们三人因为演戏忘了台词，被班主追打，我们连戏服都来不及换，就跑出来了。跑着跑着迷了路，来到这里。"

"真可怜。"任竹天叹了口气，又问，"你们是哪个戏班的？我们也常来这里演戏，怎么没见过你们？"

"我们是凤凰飞飞戏班的。"小岚胡乱想了个名字，"我们是外省的戏班，临时在敦煌落脚。刚好有户人家办喜事，就请我们唱一场。"

"原来是这样。"任竹天又说，"这里回敦煌有很长一段路，我派辆车送你们回戏班去吧。"

小岚摇摇头说："我们不回去了。一来，戏班这个时候应该离开敦煌了；二来，我们也不想再回去挨打挨骂了。"

"不回去也就罢了，免得受苦。"任竹天点点头，又说，"这样吧，你们就跟我们去莫高窟，那里有个庙会，

我们会在下午演出一场。明天一早我们就回敦煌,到时再送你们回家。"

小吉一听,高兴地嚷着:"庙会?太好了,我们那时也有庙会呢,好热闹啊!真没想到,过了八百年,还有庙会。"

任竹天有点莫名其妙:"什么八百年?"

小岚忙替小吉掩饰:"这个孩子常被班主打,弄得脑子都出了毛病,常说些莫名其妙的话。"

任竹天皱着眉头:"啊,可怜的孩子!"

小岚又说:"他忘性大,常常连现在是何年何月都不记得呢!"说完,偷偷朝小吉眨了眨眼睛。

小吉好聪明啊,他趁机拉着任竹天的手,说:"哥哥哥哥,现在是什么时候啊?现在谁当皇帝?"

任竹天惊讶地看着小吉:"哎呀,这孩子真糟糕,连这个都不知道!"

小吉扭着身子,说:"告诉我,告诉我嘛!"

任竹天说:"好好好,我告诉你。现在是清光绪二十七年,光绪爷当皇帝呢!"

小岚暗暗计算了一下日期,糟了,据记载,王道士发现藏经洞是在1900年6月22日,即清朝光绪二十六年五月

二十六,那岂不是说,现在已经是发现藏经洞的第二年了!

糟了糟了,不知道王道士把经书卖给外国人了没有。

任竹天很照顾这几个孩子,他腾出了一辆最舒服的马车,让小岚他们几个坐了。马车又起行了,马蹄嘚嘚,一路向着莫高窟走去。

寻找王道士

第16章
寻找王道士

这就是八百年后的莫高窟？

三个孩子呆呆地看着那熟悉的建筑，除了外观旧了，一切都没变。李元昊入侵、山门抗敌、李翰去世，一切都仿佛只是一场梦！

任竹天见三个孩子看着莫高窟发呆，还以为他们是第一次见到莫高窟着迷了，便笑着说："很美吧？我也是因为喜欢莫高窟，才常常长途跋涉，来这里演出，顺便一睹莫高窟的风采。我第一次站在这里时，也惊讶得待了半天呢！古人创造的智慧，真是举世无双啊！里面的壁画更美呢，你们可以找时间去看看，一定流连忘返！"

任竹天真是个好人,自己忙得不可开交,还不忘对三个孩子关怀备至。到了落脚的地方后,他马上找来三套衣服,让小岚他们三个换了,免得他们老是穿着阔袍大袖的古代服装,然后又吩咐负责杂务的吴嫂好好照顾他们。

吴嫂人很和蔼,老是笑眯眯的,问他们饿不饿,又问他们想去哪里玩,她可以带路。

还用带路吗?小岚他们对这里再熟悉不过了。小岚说:"谢谢吴嫂,我们自己去逛就行了。你忙吧!"

"好的,那你们小心啊!等会儿开演了,记得回来看戏,给你们留着好位子,啊!"

"谢谢吴嫂!"

吴嫂一离开,小岚就拉着小云、小吉:"我们赶快去找王道士,探听一下藏经洞经书的下落。"

平日行人稀少的莫高窟,现在变得熙熙攘攘的,洞窟前面的空地上,摆了许多摊位,有卖吃的,也有卖穿的、用的。小云和小吉一见就憋不住了,在人群中钻来钻去,见到新鲜东西就不肯走,拉着小岚说要买。弄得小岚直想一人送一个"糖炒栗子",那时用的是光绪年的铜钱,他们哪有这种钱啊!

小岚一顿脚:"你们还有完没完,还说什么要抢救藏

经洞宝物,现在任务还没完成,你们就只顾玩!"

小云低着头、嘟着嘴,一副很委屈的样子;而小吉呢,却朝小岚翻白眼。他们那模样,跟晓晴、晓星真是太像了。

小岚不禁"扑哧"一声笑了起来。

小云、小吉见小岚笑,马上扑过去"咯吱"小岚,谁知却让小岚来个大反攻,三两下就制服了他们——左手夹着小吉鼻子,右手揪住小云耳朵。

小岚动作轻轻的,小云仍夸张地尖叫着"爹啊娘啊"。

小吉好汉不吃眼前亏:"姐姐饶命,姐姐饶命!我们以后全听你的!"

小岚放了他们:"好,乖乖跟在我后面!"说完就领头走了。

莫高窟里还是那些熟悉的壁画,他们一个洞一个洞地找,想找到一个可以打听消息的人,但是一连走了十几个洞,都没有人。

他们又走进了一个洞窟。咦,这个洞很奇怪哦,神坛上,供了一个道教的始祖,壁上有很多新绘的有关道教故事的壁画,把原来的画都盖住了。四边靠墙处,还竖立着

好些塑像，有些已经完工，有些还只是做了一半。这些新塑像都有一个特点，就是做工异常粗糙，色彩过分鲜艳，给人一种俗气的感觉。

小云、小吉异口同声地说："我们那时候并没有这些啊！"

这些塑像小岚在现代时看到过，那时她心里还挺疑惑的：怎么在那些线条飘逸、颜色典雅的塑像里，夹杂了这么一些极不协调的作品？

现在她明白了，一定是王道士弄的。

正看着，身后突然响起一个沙哑的声音："你们是谁？"

一回头，看见了一个看不清年龄的人。只见他个子不高，瘦瘦的，身上穿着一件又脏又破的道士袍。他的脸上带着一副紧张又警惕的表情，眼睛虽然细得只剩下一条缝，但你仍感觉得到他眼皮下的眼珠子死死地盯着你。

小岚小声对小云、小吉说："是王道士！"

小云问："你怎么知道？"

小岚说："拿走藏经洞文物的史提芬，曾经给王道士照过一张相片。那相片一直流传到我们的年代，在很多有关敦煌的书刊中出现过。"

小吉很迷惑:"相片是什么?"

"相片是……"小岚一下子不知怎么跟他们讲清楚,只好说,"照片跟画像差不多,都是把人的相貌留在纸上……"

小吉自作聪明:"哦,我明白了。你看过他的画像。"

小岚也顾不上再跟他们解释,她走到王道士跟前,说:"王道长你好,我们是慕名而来,参观莫高窟壁画的。"

王道士那双小眼睛稍稍睁大了一点点,他说:"你怎么认识我?"

小岚说:"嘿,王道长大名鼎鼎,有谁不知道?世界上很多人都认识你呢!"

小岚说的是实话,不论是中国人还是外国人,提起敦煌瑰宝,就必然会想起这个为了小小利益卖掉无价之宝的王圆箓。

王道士可不知道这些。他沾沾自喜的,真以为自己功德无量、美名在外。

小岚装出一副崇拜的样子,违心地说:"王道长,这个洞很漂亮啊,比别的洞都漂亮!"

王道士笑了，眼睛又眯成了一条线："这都是我请人新做的，可惜没有钱了，所以工程都停了下来。"

小岚顺着他的话，说了声："可惜、可惜。"

小岚担心那批经书的下落，迫不及待地问："听说你发现了藏经洞，里面有很多宝贵的书籍。"

王道士一听，眯成一条线的眼睛又睁大了些，露出了一点点黑，一点点白，警惕地看着小岚："谁告诉你的，没有的事！"

他又往外推着小岚他们："到别的地方玩吧，去去去！"

结果三个人全被王道士硬推出洞外。

小云说："王道士不肯讲，怎么办？"

小岚观察了一下附近环境，说："不要紧，我记得第一藏经洞的位置，它就在第十六洞窟甬道的北壁。今晚我们来个夜探莫高窟，自己去查。"

小吉欢呼起来："夜探莫高窟，太好玩了。赞成！"

"嘘——"小岚忙提醒小吉，别太得意忘形，让王道士听见就不好办了。

"现在离天黑还早呢。"小云提议说，"我们先去看

任大哥他们演戏,怎样?"

小岚和小吉都赞成,三个人便向戏台走去。

远远听到锣鼓声,又听到一阵高亢激越、粗犷豪放的男声,小岚听出,那人唱的是秦腔。秦腔的演唱风格是旋律大起大落,有酣畅淋漓之感,因此民间有"怒吼秦腔"的说法。

三个人挤进看戏的人群,见到台上有一名少年正唱到激越处,引得台下一阵阵叫好声。

"啊,是任大哥呢!"小云惊叫起来,"任大哥扮相好帅啊!"

小岚看了一会儿,知道演的是传统剧目《赵氏孤儿》。任竹天扮演十五岁的孤儿赵武,扮相风流倜傥、气宇轩昂,怪不小云一连叫了几声"好帅"。

小吉听了一会儿,说:"任大哥唱的是什么?"

小岚回答道:"秦腔《赵氏孤儿》。"

"赵氏孤儿?"小云想了想说,"赵氏孤儿的故事听爹爹讲过,但从来没听过有秦腔这种戏。"

小岚说:"你是少见多怪。秦腔这剧种,起源于古代陕西、甘肃一带……"

正说着,戏演完了。

小云跑上台,把刚谢完幕的任竹天拉住,说:"任大哥,你演得真好!"

任竹天笑着说:"见笑见笑!"

小云着迷地看着任竹天俊秀的脸孔,说:"任大哥,你能教我唱秦腔吗?"

任竹天说:"没问题,有空可以教你。"

小云高兴得拉着任竹天的胳膊,摇呀摇的,把任竹天闹了个大红脸。

第17章
护宝大同盟

深夜,万籁俱寂。

三个孩子悄悄地起了床。隔壁屋子都很安静,演员们都睡下了。

他们悄悄地向莫高窟走去。小云和小吉显得兴致勃勃的,小吉一副探险家的模样,一手举着火把,无所畏惧地走着;小云虽然不时小声发出"好险啊"的尖叫,但都没有停下脚步。

莫高窟洞窟有近一千个,要在里面找到现代编号为十七窟的第一藏经洞,还真是一件困难的事。幸好,要做这件事的是马小岚,天下事都难不倒的马小岚,她凭着过

人的记忆和绝顶聪明,终于在摸索了一个多小时之后,在一处不起眼的洞窟内,找到了第一藏经洞。

洞口有道木门,木门有把大铁锁锁着。小岚从门缝往里看了看,黑咕隆咚的,什么也看不到。她用力推了推木门,那门挺坚固的,要进去,只能把锁打开。

"小岚姐姐,让我来!男孩子比女孩子力气大。"小吉走过去,扎起架势,"嘿"了一声,一掌向木门推去。

"住手!"有人喝了一声。

声至人也到,一个身形矮小的人闪过来,把洞口挡住了。

小吉急忙收手。

大家一看,来人是一个小道士。他长得圆头圆脑的,看样子跟小吉差不多年纪,十四五岁左右。

他把手里的木棍在地上顿了顿,大声说:"你们是谁?为什么要破门?"

小吉双手叉在腰上:"我们是探险家,来看看藏经洞。"

"师父吩咐过,这洞不许进去!"小道士一副没商量的样子。

小云一脸不满:"哼,有什么了不起!"

"干吗这么凶,不进就不进!"小岚故意试探小道士,"反正里面的东西都给了那外国人了。"

小道士摇头说:"不!"

小岚一听大喜:"你是说,藏经洞里的经卷还是原封不动的,一样没少?对不对?"

小道士还是摇头:"不!"

"这也不,那也不,究竟怎么啦……"小云朝小道士瞪眼睛。

小道士说:"师父发现藏经洞后,曾经拿了十几册经卷去送给县令大人和道台大人,问他们要不要把东西收归国有。"

小吉急忙问:"哦,那两位大人把东西全拿走了?"

小道士说:"不!他们认为这些东西并不值得收藏。县令大人还说,那些经书的书法还没有他写的漂亮。"

小岚松了一口气:"哦,只是少了十几册书,还好。"

小道士又摇头:"不!"

"不不不!"小云气得冲到小道士面前,双手叉

着腰:"你你你,说话绕来绕去,有什么话马上说清楚。"

小道士被小云吓呆了,眼睛一眨一眨地,看着小云的脸。

小岚拉开小云,在她耳边说:"我的大小姐,你别激动好不好?等会儿吓坏了他,他连个'不'字都不说,就更糟糕了。"

小岚又去安慰小道士:"小师父,不要紧,慢慢说,乖!"

小道士好不容易恢复常态,说:"因为师父跟那外国人史提芬约好,今天半夜就来把经书全部运走。"

这消息令小岚三人又惊又喜。惊的是王道士竟然真的要把宝物送给外国人,喜的是事情还没有发生,还来得及去制止。

小岚忍不住大喊一声:"不能让他们把东西运走!"

"不能!"

"不能!"

群情激昂。

小道士呆呆地看着他们:"这又不是什么宝贝,你们

干吗这么激动?"

小云说:"怎么不是宝贝?笨!"

小吉说:"当然是宝贝!蠢!"

小岚拉住小道士,郑重地说:"小师父,我现在没时间跟你详细解释,我只能告诉你,这藏经洞可是个宝藏,里面的东西都是我们中华民族的宝贵遗产,绝不能让它被外国人夺走。"

小道士眨巴着眼睛,对小岚说的话似懂非懂。

小岚又诚恳地说:"小师父,你希望我们中国人的宝物被带到外国吗?"

小道士摇摇头。

小岚又说:"你想将来被无数中国人骂你们愚昧无知,骂你们是千古罪人吗?"

小道士又摇摇头。

小岚拉着小道士的手,说:"那我们做盟友吧,我们一同来保护莫高窟,保护藏经洞。好不好?"

小道士眼里虽然还有些迷惘,但他还是点了点头。他相信眼前这个又漂亮又和善的姐姐。

"好!"小岚伸出手,"我们四个人一条心,组成保护藏经洞大同盟!"

"我加入！"小云把手搭到小岚手上。

"我也加入！"小吉也把手按在小云手上。

小道士犹豫了一下，也学着他们的样子，把手搭在小吉手上："我也加入！"

小岚说："好，现在宣布，大同盟成立。下面，我们来一起出主意，怎样去阻止外国人运走宝物。"

小吉抢着说："我们守着大门，不让他们进！"

"不！"小道士摇摇头，"不行，那史提芬带来了几个保镖。那些保镖功夫可厉害了，我们拦不住的。"

小云说："我们去偷袭外国人的大本营，放走他们的马匹。他们没有了马，就不能把东西运走了。"

"这主意有一点点建设性。不过，那只是暂时性的，外国人很快就会找到别的马，把东西运走。"小岚想了想说，"我倒有个主意，不如我们去请任大哥帮忙。任大哥戏班有十几二十人，其中还有一些是会点武功的，要是他们来帮忙，加上我们四个，一定能把外国人轰走。"

四个人正说着，忽然听到外面有人声。小道士听了听，害怕地说："不好，他们来了！"

大家跑出洞外，果然见到一支队伍，约十多人、十多匹骆驼，正朝这里走来。

现在去找戏班求援已经来不及了。

小吉不知从哪里找到两根木棒，他塞了一根到小道士手里，又勇气十足地对小岚说："小岚姐姐，你们女孩子暂时躲避一下，我跟道士哥哥去打跑他们。"

"不行……"小岚怎可以让小吉他们两个去面对强敌，但没等她开口，吓得面如土色的小云就一把扯住她，把她拉到暗处躲起来了。

见小吉一点不害怕，小道士也变得镇定了，他大声地"应"了一声："好，我们一起守着，不许他们进来拿走宝物。"

两个人一左一右站在洞口，手持木棒威风凛凛地守着。

第18章
保护藏经洞

队伍很快走近了,小吉大喊一声:"站住,不许进!"

带头的王道士和史提芬拿火把照了照,发现有两个孩子挡住洞口。王道士发现其中一个是自己的小徒弟,不禁呵斥道:"你在这里干什么?"

小道士一见师父,顿时矮了半截,他把木棒藏到背后,说话也结结巴巴的:"我……我……"

王道士骂道:"欺师灭祖的东西,快让开!"

小道士看了小吉一眼,犹豫着。

小吉挺了挺胸,说:"道士哥哥,别怕,有我呢!"

小道士一听,急忙又拿出木棒,拦住洞口。

史提芬有点不耐烦了:"就你们两个乳臭未干的毛孩子,也能挡住我们?"

说完,他就想硬往洞里闯。

小吉喊道:"棍棒无情,等会儿缺胳膊少腿的,别怨我!"

"嘿!嘿!嘿!"小吉一边喊着,一边把木棒乱舞起来。小道士见了,也学他的样子,舞动木棒。

正所谓"盲拳打死老师傅",他们一阵乱舞,竟吓得史提芬不敢上前。

史提芬恼羞成怒,喊了一声:"约翰,快把这两个小子抓住!"

"是!"随着一声震耳欲聋的吼声,一个长着一头红发的外国人从史提芬身后走了出来,他把双手抱在胸前,凶神恶煞地往小吉和小道士跟前一站。

小吉和小道士住了手,他们仰起脸,看着这个比他们高了几个头、壮得像只红毛熊的外国人。小道士吓得往后缩,小吉却毫不畏惧,举起木棒:"嘿,红毛熊,看棒!"

"红毛熊"一伸手,轻轻一拉,就把木棒夺走了。他

保护藏经洞

冷笑着,看着小吉。

"嘿!嘿!"小吉用尽全身力气,想把木棒夺回,但木棒像长在了"红毛熊"手中,纹丝不动。

这时,"红毛熊"把木棒一扔,伸出左手,一把抓住小吉,又伸出右手,一把抓住小道士,接着使劲把他们往上一提。两个孩子双脚离地,拼命挣扎着。

"放开他们!"藏在暗处的小岚走了出来,她朝"红毛熊"猛喝了一声。

在牛高马大的"红毛熊"面前,她显得那么娇小,那么微不足道,仿佛"红毛熊"吹一口气都能把她吹走,但她的神情却又那么正气凛然,那么勇气十足。

"红毛熊"竟被吓住了,他傻愣愣地看着小岚神圣不可侵犯的神情,双手不由自主往下一垂。小吉和小道士落了地,赶紧挣开"熊掌",跑到小岚后面。小云这时也跑了出来,站到小岚背后。

王道士认出了是下午来打听藏经洞的女孩子,便说:"怎么又是你呀!你们别再胡闹了,快让开!"

"我看,胡闹的是你呢!"小岚说,"藏经洞里的东西,是我们祖先留下来的珍贵物品,你却要拱手送给外国人。"

王道士脸红耳赤，说："你、你……你敢骂我！"

小岚义正词严地说："我不是骂你，我是在提醒你。如果你不想背负千古骂名，就赶快悬崖勒马，别为了一点点钱去出卖我们祖先的东西。"

"什么，你说我背负千古骂名？你说我出卖祖先的东西？真是岂有此理！"王道士恼羞成怒，他捋袖揎拳，做出要教训小岚的样子。

"红毛熊"这时也缓过神来了，觉得不可以输给一个弱小的女孩。他"嘿嘿"地朝小岚奸笑着，又恐吓似的把手指关节弄得"啪啪"作响。

小岚毫不畏惧："你滚开！"

她握紧拳头，双眼怒视"红毛熊"。小云、小吉和小道士见小岚这样勇敢，也鼓起勇气，要做小岚的坚强后盾。

"红毛熊"仗着自己人高马大又有力气，仍然一步步地向孩子们逼近。

他那长满红毛的手，伸向了小岚……

"住手！"正当"红毛熊"要欺负小岚的时候，有人大喊一声。那声音，高亢洪亮，震得人耳朵嗡嗡作响。

"红毛熊"吓得一哆嗦，伸出的手停在半空。

保护藏经洞

小吉高兴地喊了一声:"任大哥!"

那人正是任竹天,在他的身后,还有戏班的十几个人。

任竹天走到"红毛熊"跟前,说:"太过分了,竟然在我们中国人的土地上,欺负我们中国人的孩子!"

小岚高兴地说:"任大哥,你们来得太及时了!"

任竹天说:"我们听见这边很吵,以为来了贼,便跑来看看。没想到那红毛鬼欺负你们。"

小云说:"任大哥,真的来了贼呢!他们要把藏经洞里的东西拿走!"

"藏经洞?"任竹天很惊讶,"有传说宋仁宗时,为避战乱,千佛寺的僧人把许多经书藏于密洞内,莫非这事是真的?"

小岚说:"是真的。这事王道士最清楚,因为在不久前,王道士已经把藏经洞挖出来了。王道士,对不对?"

"这……这……"王道士支支吾吾的。

这时,史提芬皮笑肉不笑地走过来,说:"哎呀,兄弟们兄弟们,一场误会,一场误会。其实这洞里的并不是什么稀罕东西,只是一些普通的经书和画而已,因为放了

很多很多年,都已经又破又旧,没有保留价值了。"

"你胡说!既然不是稀罕东西,那你千里迢迢带回你的国家干什么?"小岚又转身向其他人说,"叔叔伯伯们,你们别上他的当!藏经洞里面有八百年前留下来的五万多件珍贵物品,堪称中华文化的宝库。书籍种类有五千种之多,除汉文写本外,还有藏文、梵文、怯卢文、栗特文、古和阗文、回鹘文等民族文字写本。另外,还有绢本绘画、刺绣等美术作品数百件。这些东西对研究中国古代的政治、经济、文化、军事以及中外友好往来等,都具有重要的历史和科学价值……"

小岚滔滔不绝地说着。

所有人都听呆了。史提芬暗暗对"红毛熊"说:"上帝啊,这小姑娘知道我们想干什么!"

王道士大吃一惊:"小姑娘,你怎么知道得这么清楚?这里面的东西真有这么重要吗?"

小岚继续说:"我知道的事还不止这些呢!这些东西如果被外国人拿走,将来我们的子孙后代想研究敦煌文化,想看一看我们祖宗的东西,都只能去外国看,隔着玻璃看,连摸一摸都没有机会……"

人们议论纷纷:"那怎么行!我们中国人自己的东西,要跑到外国看,还不让摸……"

小岚又对王道士说:"王道长,何去何从,你要作出抉择。如果你继续执迷不悟,要把宝物交给外国人,那你会因为你的无知和愚昧,成为莫高窟的千古罪人!"

王道士吓得抱着头:"天哪,幸亏还没有把东西交给史提芬,我可不想做千古罪人!"

史提芬见好梦成空,不禁恼羞成怒,他朝"红毛熊"喊道:"给我赶走他们!不管用什么方法!"

"红毛熊"一听,马上挥起大拳头,冲向人群。小岚正站在前面,猝不及防,那拳头眼看要落在她头上了,正在这危急关头,站在旁边的任竹天急忙扑过去,伸手一挡。

以任竹天瘦削的身形,怎挡得住"红毛熊"的一拳,他向后一倒,头重重砸在一块石头上。

"任班主,任班主!"大家惊叫着涌了上去。

但见任竹天双目紧闭,已经陷入昏迷。

戏班的人见到班主被打伤,怒不可遏,冲上去要同"红毛熊"拼命。史提芬另外几个保镖一见,马上冲过去给"红毛熊"助阵。

史提芬朝赶骆驼的十几个男人一挥手:"你们也来帮忙,给我狠狠地打,我给你们双倍工钱。"

那些男人立刻跑过去了,他们一个个都长得粗壮结实,小岚他们一定没法抵挡。

"妈呀!"

"哎哟,痛死我了!"

马上一片叫喊声。不过,叫喊的并不是小岚他们几个孩子或者戏班的人,而是那四个保镖。

十几个赶骆驼的大汉听了小岚的话,早就不想帮史提芬赶骆驼了,见那些保镖欺负自己中国人,更加气愤,于是他们冲上去,一个个挥起拳头,把那四个保镖打得哭爹喊娘。

史提芬没想到情况会变成这样,他吓得躲在王道士后面,嘴里嘀咕着:"看看你们中国人,真野蛮!"

王道士慢吞吞地说:"对待你们这些野蛮人,就得这样野蛮。"

这时,那四个保镖鼻青脸肿的,被人们按着跪在任竹天面前。任竹天躺在小岚怀中,脸色苍白、双目紧闭,嘴角还在缓缓流血。

"要是任大哥有什么事,就要让你们血债血偿!"小

岚向那些英国人悲愤地喊道，"你们听着，我们中国人不是好欺负的，绝不让你们为所欲为。藏经洞的宝藏是中国人的，要是再敢打藏经洞的主意，就让你们有来没回！"

"是，是！"史提芬吓得嘴角哆嗦着，带着几个保镖逃走了。

小岚焦急地说："叔叔伯伯们，请快把任大哥送回敦煌……"

第19章
马小岚大战史提芬

敦煌，一个民间老中医的家。

任竹天静静地躺在床上，自从挨了"红毛熊"那一击之后，他已经昏迷了十几个小时，一直没醒。

那位白胡子的老中医仔细诊断过，说任竹天脑子受了震荡，暂时未知损伤程度如何。如果他这两天能醒来，那就说明伤得不严重；要是几天都不醒就麻烦了，那就表示他脑部受到重创，随时会有生命危险。

医生走后，小岚让小云、小吉先去吃点东西，自己拉了一把椅子，坐在任竹天跟前。她拿起任竹天一只手，呜咽着说："任大哥，谢谢你，谢谢你救了我……任大哥，你快醒来吧！要是你有什么事，我一辈子都无法安宁……"

的确，如果不是任竹天以身相救，"红毛熊"那一拳必定砸在小岚脸上，那后果不堪设想。

任竹天白皙的前额渗出了汗珠，小岚急忙拿出手绢，替他轻轻地擦着。

也许是因为伤口痛，任竹天喉咙里发出了几声呻吟，小岚忍不住眼泪扑簌扑簌地往下掉，很心痛，也很难过，她又想起了李翰，用生命保护了她的李翰，想起了小钟山上的孤坟，不禁心如刀绞。任大哥，你可不能像李大哥那样撒手离开我，我要你活着！

突然，她想起了在现代看到的双子山、双子坟，现在已经知道一座埋的是李翰，那另一座……

她大惊失色，莫非……

她心里涌上了一股强烈的恐惧感，她不禁惊叫一声："任大哥，你别吓唬我，你别死，你别死啊！"

小岚伏在任竹天身上，号啕大哭。

一只手轻轻搁在小岚头上："别哭……"

小岚愣了愣，她猛一抬头，看见了一张跟万卡一模一样的脸，一双一模一样的眼睛。

"任大哥！呜呜，你醒了，真好，你醒了！"小岚抓

住任竹天的手,又惊又喜,哭得更大声了。

"傻丫头,我没事,你别哭……"任竹天那双眼睛温柔地注视着小岚。

小岚擦去眼泪,说:"任大哥,你尽量少说话,我知道你伤口会痛。"

任竹天说:"没关系,我觉得自己很好,真的。你能平安,对我来讲就是最好的灵丹妙药。小岚,谢谢你。"

小岚说:"这句话应该我跟你说。你明知那英国人的拳头砸下来有多狠,但为了救我,却不顾一切迎上去,为我挡了那一拳。"

"不必言谢,这是我应该做的。"任竹天伸手,把小岚的手握住,"小岚,你知道吗,你太令我感动了!你是我见过的最勇敢、最美丽的女孩。当看到你正气凛然地站在藏经洞前面,以弱小的身躯拦住那几个彪形大汉时,我脑子里只有一个念头,就是保护你,不让你受到哪怕一点点伤害。"

小岚说:"任大哥,你过奖了。藏经洞里的东西,是我们中国人的珍贵文化遗产,如果失去,会成为千古遗憾。所以,我即使拼了命也要去制止那场抢掠。"

任竹天说:"好,那我们就一起努力,去做我们该做

的事。保护莫高窟,保护藏经洞。"

小岚感动地说:"好,任大哥,那你好好休养,别说话了。"

她替任竹天掖好被子,说:"你先躺着休息,我要马上去找县令,请他派兵保护莫高窟……"

这时候,忽然听到外面有吵闹声,又听到老中医高声叫着:"你们想干什么?"

小岚忙起身去开门,一看,是五六个衙役,手执棍子要冲进来。老中医阻拦着,不让他们进。

小岚问:"什么事?"

一个小头目模样的衙役刚要回答,就听到一个尖锐刺耳的声音:"就是她,就是她聚众闹事,妨碍我们工作,你们快抓住她!"

小岚这时才发现,那个又矮又胖的史提芬,从人群后面走了出来,指着自己高叫着。

小头目对小岚说:"小姑娘,你就跟我们走一趟吧,这鬼佬把你们告了。他胡搅蛮缠的,县令大人也怕了他了。"

"走就走!"小岚冷笑道,"我们就让县令评评理,看看究竟是谁在闹事!"

"小岚,小岚!你们想干什么?小岚,别跟他们去!"任竹天急得坐了起来,准备下床来。

小岚急得跑回去:"任大哥,你快躺下。"

史提芬一见任竹天,又喊了起来:"他也是闹事者,快把他一块儿带回去!"

小岚一转身,怒视史提芬:"你好没人性!任大哥被你的同伙打伤了,目前需要静养,你敢动他一根头发,我跟你没完。"

那小头目见任竹天在病中,也对史提芬说:"史老爷,我看就别带任班主回去了。"

史提芬看看怒目而视的小岚,说:"好吧,反正你们是一伙的,跑得了和尚跑不了庙!"

任竹天却放心不下小岚,硬是下了地:"小岚,这些县太爷,见了外国人就膝盖发软,我怕你有理说不清,不能让你一个人去冒险。"

小岚死活不让:"任大哥,你怎么不听话!你不能乱走动的。"

"小岚,别拦我,我一定要跟你一块儿去。"任竹天站起来走了几步,"看,我已经没事了!"

"你真是!"小岚没办法,只好赶紧上去扶住他。

到了衙门门口,就听到小云和小吉在里面大吵大闹:

"你们干吗要抓我们?"

"你这糊涂县官,快放了我们!我小吉可是会功夫的,把我惹火了,哼!"

见到小岚和任竹天进去,小云和小吉像见到了救星一样,飞扑过来。

小云赶紧上前扶着任竹天:"任大哥,你没事啦!真好,有你和小岚在,我就什么都不怕了。"

小吉拉着小岚:"小岚姐姐,幸亏你及时赶到,要不我就会出手了,可能现在都已经撂倒十几个了。"

小岚拍了小吉一下:"少吹牛皮!"

这时候,县官从里面出来了,站在两旁的衙役,用棍子敲着地面,嘴里喊着:"威武——"

县官是个瘦瘦的中年男人,下巴上留了一撮像山羊胡子般的胡须,他用惊堂木一拍:"阶下四名人犯,快报上名来!"

小岚瞪他一眼:"什么人犯?我们根本没犯罪!"

小云和小吉也异口同声地说:"是呀是呀,我们没有犯罪!干吗抓我们来!"

任竹天彬彬有礼地说:"请问县官大人,为什么平白无故抓人,这会引起民愤的啊!"

不知什么时候,衙门门口站了几十个人,他们这时都在议论纷纷。

"是呀,干吗把这几个孩子抓来呢?"

"那不是任班主吗?他不但唱戏好,心眼也好,干吗把他也抓来了?"

"县官大人不可以乱抓人啊!真糊涂!"

"太过分了!"

县官坐不住了,他恭恭敬敬地问站在一旁的史提芬:"史提芬先生,你是原告,你说说,任班主和几个孩子怎么啦?"

史提芬说:"县官先生,我是一个考古学家,来中国进行友好的考察活动。但是这几个人蛮不讲理,阻止我进莫高窟内进行考古工作,还打伤了我的保镖。我恳请县官先生,要他们赔偿损失,同时让我们进洞考察。"

县官听了,责问小岚等人:"那就是你们不对了。史提芬先生是我们尊贵的客人,他喜欢我们的东西,来看看而已,我们不能对人家不礼貌。"

小吉大声说:"他才不是来看呢,他要拿走我们的宝物。"

小云也说:"是呀,昨天晚上,他想抢走藏经洞的东西。"

县令一听,说:"哦,你们是说藏经洞里的经卷?嘿,我还以为是什么宝贝呢!王道长拿过几卷给我看,那些字,还没有我写的漂亮呢!史提芬先生要看,让他看去,你们别那么小气!"

史提芬一听忙顺竿子爬:"是呀是呀,不就是一些残残旧旧的书吗,不用那么紧张!"

"怪不得王道长要把东西给外国人了!你们这些无知的官员,真是有眼无珠,好东西都让你们糟蹋了!"小岚很生气,"藏经洞里,都是一些可供研究的珍贵典籍,都应该好好保管起来,留给子孙后代。"

县官听了,又对史提芬说:"既然这样,史提芬先生,您就不能拿走了,不好意思啊!"

史提芬急了:"县官先生,这……"

他想了想,打开公文包,从里面拿出一份文件:"县官先生,你不给我脸,可不能不给你们朝廷脸啊!"

县官大吃一惊:"关朝廷什么事?"

史提芬扬了扬手中的文件,得意地说:"这里面有一份我们大英帝国外交部给你们朝廷的公文,要求准许本人在中国进行所有研究发掘考古工作。还有一份,是你们朝廷的覆件,内容是愿意提供一切方便,答应一切要求,本人不但可以随便参观莫高窟洞藏,还可以带走可用作研究的任何物品。"

县官睁大眼睛:"有这样的公文?我怎么没看过,给我看看!"

史提芬满脸狡黠,他把公文递上去,说:"希望你看得懂。"

县官说:"我是进士及第呢,没有什么字是我看不懂的。"

可是,当他打开文件时,却呆住了——两份文件上面全是鸡肠子般歪歪扭扭的英文,他一个字也看不懂。

"哈哈哈!我没说错吧,县官先生。"史提芬哈哈大笑。

县官满脸通红,只好呼呼地生气,那两撇山羊胡子也一翘一翘地,十分滑稽。

史提芬一边拿回公文,一边说:"连进士先生都不懂英文,其他人就更不懂了。既然看不懂,那你就只能相信我了。赶快让那些闹事的人滚开,让我进藏经洞考察。"

"慢着!谁说没有人懂?!"这时,有人大喊一声。

这人正是小岚,

小吉马上拍手说:"对对对,给小岚姐姐看,她一定看得懂!"

史提芬用怀疑的目光看着小岚:"你?你会看英文?"

小岚一伸手:"给我!"

史提芬把公文递给小岚,但一脸看笑话的表情。

小岚打开一看,哈哈大笑起来:"有人假传圣旨,撒了弥天大谎呢!"

史提芬心里有鬼,所以吓了一大跳,心想这小姑娘莫非真的懂英文?他马上脸红脖子粗地争辩说:"你胡说,你根本没看懂,还说我撒谎!"

小岚鄙视地看他一眼,说:"你这人看来是不见棺材不掉泪,好吧,我就把这两封公文念一遍。"

小岚马上用流利的英语把两封公文读了一遍,史提芬脸上红一阵白一阵,因为小岚一口标准的英文,读得一点没错!

小岚念完了,又说:"没错,这两封公文,一封是英政府写给朝廷的,但只是要求允许史提芬入境而已,并没有像他刚才说的那些要求;而另一封,是朝廷答允让他

入境的公文,但绝没有他所说的,可以随便参观莫高窟洞藏,以及可以带走任何物品。"

小吉朝史提芬嚷道:"讲大话,甩大牙!"

小云咬牙切齿:"卑鄙无耻!"

任竹天也一改平日斯文,指着史提芬说:"太过分了,竟敢愚弄我们!"

观看的民众都嚷了起来:

"这外国佬真差劲!"

"赶他走,我们不欢迎他!"

县官这时可高兴了,小岚替他报了"一箭之仇"呢!他大声说:"史先生,本官现作如下判决,任班主等四人无罪释放。史提芬先生,你成了不受欢迎之人,请你尽快离开此地。"

史提芬从小岚手上拿回公文,垂头丧气地走了。

小岚对县官说:"大人,谢谢您主持公道,赶走坏人。我还有一个请求,请您派兵去莫高窟,把藏经洞里的东西保护起来。"

县官马上答应了:"好,我明天就派人去。"

当天夜里,小岚惦挂着藏经洞里的宝贝,半夜就醒了。

她坐了起来,想了想,便使劲去摇晃身边的小云:"小

云,起来,快起来!"

小云转了个身,仍想睡:"别吵我……半夜三更的……"

小岚说:"我担心藏经洞……"

小云说话有点含混不清:"担心什么呀,那个鬼佬……早就夹着尾巴逃走了……"

小岚皱着眉头说:"我总觉得不踏实,怕史提芬贼心不死。"

小云说:"他还能搞什么,连县官都不帮他了。再说,县官不是答应天亮就派人去守藏经洞吗?"

小岚说:"那些人磨磨蹭蹭的,还不知什么时候才能到呢!我想我们先赶去,一方面可以保护藏经洞,另一方面,我怕那些衙役办事不力,把那些宝贵的东西弄坏了。"

小云正想说什么,这时候,"砰砰砰",外面有人敲门。

"小岚姐姐,快开门,我和任大哥要进来商量事情。"是小吉的声音。

小云无可奈何地起了床,嘟着嘴说:"唉,一个个都疯了,任大哥还有伤在身呢,也不好好休息,这么早起来干什么!"

门一开，小吉和任竹天走了进来。

小岚说："任大哥，你伤口怎样，头还痛吗？"

任竹天说："好多了。我找你是为了藏经洞，我怕史提芬使坏。我们马上动身去莫高窟好不好？"

小云睁大眼睛："任大哥，你怎么和小岚一个腔调！"

任竹天看着小岚："你也这样想？"

小岚点点头。

任竹天高兴地说："我们英雄所见略同，那还等什么，起程啊，我把马车都备好了。"

小岚说："任大哥，你有伤在身，就别去了。我留小云在这里照顾你，我和小吉去莫高窟就行了。"

小云高兴地说："好啊，一言为定。任大哥，你就留下来吧，我会把你照顾好的。"

任竹天坚决地说："不，我不放心你们自己上路，也不放心藏经洞里的东西。我现在已经没事了，走一程路而已，没问题的。"

小岚知道拦不住他，只好让他一块儿去了。

马车在路上走了好几个小时，才到了莫高窟，一行四人走进了藏经洞外面的洞窟。

小吉一边蹦蹦跳跳地走着,一边大喊着:"有人吗?我们来了!"

没有人答应,也不见人影,洞里安静得令人害怕。王道士师徒两人呢?

"哎哟!"小岚被地上什么东西绊了一跤,她捡起一看,是一卷宋朝画轴,啊,是藏经洞里的东西!

这画轴怎么会掉到这里呢?莫非出事了?!

小岚惊叫一声,跑向藏经洞。

藏经洞的门敞开着,小岚冲了进去,只见里面空荡荡的,只剩下几尊断手断脚的泥塑。

小岚脑子里"轰"一声,这些背信弃义的坏蛋,这些贼,强盗,他们把里面的东西全拿走了!

任竹天三人也进来了,一看这情景,都呆了。

"史提芬,这混蛋!"任竹天愤怒地说。

小岚悲愤到了极点,眼里不禁流下泪来:"都怪我太大意了。早知道昨天多找些人守住莫高窟,这样,就不会发生这样的事了!"

任竹天不知道怎样安慰小岚才好,他拉着小岚的手,说:"小岚,别难过,也别自责,你已经尽力了。"

小云和小吉也围了上去,大家心里都很不好受。

突然听到有人闷叫着,大家四处张望,发现声音是从那些残破的塑像后面发出的,跑去一看,啊,原来是王道士。

他被五花大绑,嘴巴还被毛巾堵得死死的。

大家赶紧替王道士松了绑,掏出他嘴里的毛巾。小岚焦急地问:"发生什么事了,快告诉我们。"

王道士怒气冲冲地说:"今天一大早,我叫徒弟去买点米回来,他前脚走,史提芬带着四个保镖后脚就来了,他们要把藏经洞的东西运走。我说不卖了,把钱退给他,让他们快离开。但是那些人马上露出真面目,把我绑了起来。他们把东西装上骆驼,全运走了。"

任竹天忙问:"他们走了多久?"

王道士说:"大约两个时辰吧。"

小岚毫不犹豫地说:"王道长,你熟悉这里的路,你带我去追史提芬!"

王道士点头说:"行!这里正好有两匹马。"

小岚对任竹天说,"任大哥,你和小云、小吉马上回敦煌找县令大人,请他让衙役火速赶来。我会在路上留下记号,让他们一路上留意。"

任竹天不放心小岚,便说:"我们戏班常在这一带演

出,我对这里的路也熟,我跟你去吧!"

小岚不同意:"任大哥,你有伤,很需要休息,我不能让你去!"

任竹天斩钉截铁地说:"小岚,你别说了,我一定要跟你去。"

小岚见任竹天坚决的样子,知道没法说服他,只好叹了口气,说:"好吧!"

兵分两路,任竹天和小岚骑马去追史提芬,小云、小吉赶着马车回敦煌去了。

第20章
双子坟的秘密

小岚和任竹天骑着马,在茫茫大漠上奔跑着。蔚蓝色的天空中飘着朵朵白云,风景十分美丽,但他们都顾不上去欣赏。

小岚不时问着:

"任大哥,你伤口痛吗?"

"任大哥,你累吗?"

任竹天苍白的脸上露出了微笑:"不痛,不累!"

但小岚还是不放心,她不时瞧瞧他的脸,眼里满是担心。

大约跑了一个多时辰,眼前仍是一片茫茫沙漠,放眼

守护宝藏的公主

望去渺无人迹,史提芬他们难道逃远了?两人心里都很着急。

跑着跑着,天突然变黑了。太阳被阴云遮蔽,接着又感觉到一阵寒意,风刮起来了。

任竹天抬头观天,他喊了一声:"不好,沙尘暴来了。赶快下马,找可以隐蔽的地方!"

沙尘暴!小岚大吃一惊。不久前她和一群朋友去南非寻找所罗门宝藏,曾遇到过沙尘暴,差点葬身沙漠,所以她很清楚沙尘暴的可怕。

沙尘暴的特点是说来就来,转眼间风卷起沙粒,往小岚和任竹天身上打来。

两个人赶紧下马,但环顾四周,眼前除了沙子,竟然连一棵树、一块石头也没有。任竹天一把抓住小岚,说:"快趴下!"

风来势汹汹,两个人都尽量让身体贴着地面。但这办法似乎并不顶用,他们仿佛成了风沙中的叶子,在狂风肆虐下毫无反抗之力,一下就被刮出了老远。幸亏任竹天一手抓住了一头死骆驼的脚,小岚也赶紧抓住骆驼,两人利用骆驼作屏障,才勉强稳住了身体。而那两匹马,就被刮翻在地,一路滚着,一眨眼就不见了影儿。

"任大哥……"小岚突然发现任竹天用来包扎头上伤口的绷带早已松脱被吹走了，他额头上淌着血，她刚想张口，却被灌了满口沙子，再也说不出话来。她只好用眼神向他传达关切之意。

任竹天朝小岚摇摇头，表示没关系。

风声呼啸，拼命想将他们和死骆驼扯开；沙子飞扬，噼里啪啦像千万条鞭子抽打着他们的脸。小岚到底是个女孩子，体力有限，她快支撑不住了，抓住骆驼的手也快要松脱了。任竹天急忙腾出一只手，把她一只手紧紧抓住。

时间在过去，沙尘暴却没有停下的意思。突然，一阵更猛烈的狂风吹来，那股力量，把小岚和任竹天一下扯离了死骆驼，把他们刮进了一个一米多深的坑里。

在深坑里，风力减弱了些，但当他们回过神来，却发现面临着更大的危险。

他们掉进一个松软的沙坑里，也就是说，脚下松软的沙子会令他们不断下陷，他们却无法逃离，因为他们不能动，一动，身体就会下陷得更快。

身体在下陷，而风把沙子不断刮进深坑里，转眼，沙子已经盖过了他们的小腿。

小岚说："任大哥，我们孤注一掷吧。跑是死，站着

不动也是死,不如就搏一搏!"

任竹天无语,也只能这样了。他点点头,说:"我喊一二三,我们一块儿跑。"

小岚点点头:"好!"

任竹天喊起来:"一、二、三!"

两人拔腿就跑,但跑了五六步,就没法再动了——他们都已经深陷沙坑,沙子埋到了大腿。

两人对视,万般无奈。

沙子继续落下,很快埋到了腰间,埋到了胸口。

"任大哥,看来,我们要长眠在此了。"小岚看着任竹天,清澈明亮的眼睛分外平静。

"小岚,为了美丽的敦煌献身,我死而无憾。"任竹天看着小岚,满脸柔情,"小岚,我能吻你一下吗?"

小岚微笑着,点了点头。

任竹天把小岚搂在胸前,轻轻地,轻轻地,在她那美丽白皙的前额吻了一下。

他英俊的脸上绽开了灿烂的笑容:"小岚,我已无遗憾。"

说完,他突然抱紧小岚的腰,用尽全身力气,把她拔离沙子,往上一举,放到自己的肩头……

"任大哥,你干什么?不,你不能这样!"当小岚明白了任竹天的意图时,那个猛烈的动作,已经令任竹天的身体一下子下陷了许多,沙子瞬间埋到了他的下巴。

任竹天眼神坚定:"小岚,永别了。好好活着,别忘记我!"

"任大哥,你不能,不能啊!"小岚失声痛哭。

任竹天的呼吸开始困难,他艰难地说:"把我葬在小钟山上,让我每天都能看到莫高窟……"

"任大哥,任大哥……"小岚狂喊着。

任竹天没有回答,他脸上很安详,但已经没有了呼吸。他的双手仍然高举着,稳稳地扶住了小岚的身体。

"任大哥,任大哥……"

小岚悲痛的呼喊,盖过了呼啸的沙尘暴,在大漠上回旋、飘远……

沙子,还在继续落下,很快又盖住了小岚的腿,小岚的腰,小岚的胸口。小岚头颅低垂,没了意识。

风,悄悄地停了;沙子,乖乖地伏在地上。寂静的大漠,仿佛在奏着一曲无声的哀歌……

不知过了多久,一阵人声打破了沙漠的宁静。

"小岚!小岚,你在哪里……"

"任大哥,任大哥……"

"快来,这里有人被埋在沙子里了!啊,是小岚姐姐!"

"小岚,小岚!"

小岚终于睁开了眼睛,她看见了小云、小吉、小道士,还有戏班的叔叔阿姨和十几个衙役。

她感到迷惑,发生了什么事,为什么自己会躺在大漠里?为什么会感到浑身无力?

"太好了,小岚姐姐终于醒了!"

"小岚,任大哥呢?"

任大哥?!电光石火间,她脑子里想起了刚刚发生的事,她一骨碌爬了起来,发疯似的挖着脚下的沙子,悲痛地哭喊着:"任大哥,任大哥……"

当大家明白发生了什么事时,都疯了似的跪在沙地上,几十双手拼命在沙上挖着、挖着。

半小时后,任大哥被扒出来了,他脸色安详,但早已没有了呼吸……

任大哥走了,为了藏经洞,为了小岚,他献出了年轻的生命。

按照任大哥的遗愿,小岚把他埋在了小钟山上,李翰

的墓旁。

小岚很伤心,她不吃不喝,在小钟山上坐了一天一夜。

21世纪双子山上的双子坟,原来长眠着李翰和任竹天,这个真相是那么残酷,残酷得令小岚的心碎成千万片。

小云和小吉远远地看着小岚,两人不断叹着气。

小吉说:"姐姐,怎么办?小岚姐姐会病倒的。"

小云愁眉苦脸的:"唉,谁也劝不动她。"

小吉打开"百宝袋",乱翻着:"唉,我这个袋子什么都有,为什么就没有能起死回生的宝贝?那我就可以让任大哥复活了……"

"啊!"小云突然惊叫了一声,"有办法了!"

小吉大喜:"什么办法?难道你有起死回生的宝贝?"

"不是!"小云急急地说,"我们不能让任大哥起死回生,但是我们可以利用时空器回到任大哥出事之前……"

"我明白了!"小吉大喊起来,"我们可以回到任大哥和小岚去追赶史提芬之前,阻止他们进入沙漠。那样,

他们就不会遇到沙尘暴,任大哥就不会死了!"

小吉说话间,已经从"百宝袋"里掏出了那个黑色的小盒子,把它打开了。

他不假思索地在写着"启动"的按钮上按了一下。小云一见,忙喊道:"快停,快按停!"

小吉说:"啊,为什么?"

"笨蛋,你还没设定回去的时间呢!"小云指着时空器说,"你看,这上面是小岚的预设,那是她准备回21世纪的时刻!"

小吉急得手忙脚乱的:"哎呀,我不知道怎样改时间呢!"

小云一手抢过时空器,想按停它。

但已经来不及了,盒子开始发生变化,里面亮起了一盏小红灯,小红灯动了起来,滴滴滴滴,滴滴滴滴……

小云的身子突然离地,小吉见了,慌忙去拉她,但他不仅没能拉住姐姐,反而自己也双脚离地了。小吉急得大叫:"哎呀,小岚姐姐,小岚姐姐快来帮忙!"

小云也尖叫道:"小岚,小岚快来!"

小岚一直呆坐着,一点不知道那两姐弟在干什么,直到听到小云的尖叫,才惊醒过来。她一回头,天哪,小

云、小吉已经离地几尺高了。

小岚飞扑过来,一把扯住小吉的双脚。但是,她根本无法抵挡时空器的力量,连她也被带离了地面……

天旋地转,天旋地转,他们翻卷着像掉进了一个深不见底的洞……他们紧闭双眼,不敢睁开。

忽然,小岚抓着小云、小吉的手松开了……

第21章
惊天大发现

小岚睁开了眼睛。

仍在双子山,眼前是李翰大哥和任大哥的墓。

刚才怎么啦?哦,好像是做了个梦,梦见自己和小云、小吉腾空而起。

小岚慢慢坐了起来。

不对!任竹天墓前刚刚竖起来的石碑,上面的字怎么已经变模糊了?而李翰大哥墓旁的围栏没有了,墓碑也只剩下小半截?

怎么回事?

身后有脚步声。她扭头一看,一个身材颀长、样貌俊

朗的年轻人快步向她走来。

啊，任大哥？！李翰？！

难道，世界上真有显灵这回事，他们回来看我了？

小岚热泪盈眶。

年轻人走到她面前，他身穿T恤牛仔裤，浑身充满阳光气息。

"小岚，我来了！"年轻人满脸笑容，"我这两天老惦挂着你，所以一开完世界首脑会议，就马上赶来这里陪你了。"

"万卡大哥……"小岚一下扑进他怀里，号啕大哭。

"都是我不好，不应该让你一个人来敦煌。"万卡心痛极了，"小岚，出了什么事？快告诉我！"

好不容易，小岚才稍稍平复心情，她抽抽咽咽的，讲述了两个发生在久远年代的故事，有关李翰和任竹天的故事。

万卡的心情随着小岚的叙述而起伏：小岚穿越时空，一个人去了遥远的年代，自己无法保护她、帮助她，但竟然有两个跟自己长得一模一样的人，代替自己守护着她，在她遇到危难时挺身而出，用生命去保护她。

万卡拉着小岚的手，走到李翰和任竹天的墓前，深深

地鞠了个躬:"李大哥,任大哥,我是万卡,一个'谢'字难以表达我对你们的感激,我只想在你们墓前发誓,我会用一生去保护小岚、爱护小岚,让她永远幸福快乐。"

小岚小鸟依人般,靠着万卡坚实、宽阔的肩膀,她决定,今生今世,不再离开万卡了。

"万卡,有两个人我一定要介绍给你认识,那就是小云和小吉……咦,小云、小吉呢?他们上哪里去了?"这时,小岚才想起来,刚才穿越时空时,他俩不知掉到哪里去了。

"别着急,我这就吩咐人去找他们。"万卡拿出电话,又问,"小云和小吉有什么特征?"

小岚说:"你只要让人去找两个跟晓晴、晓星长得一模一样的男孩女孩,就行了。"

万卡见小岚不像开玩笑的样子,便马上打了个电话,安排随行卫队在莫高窟一带寻找两个跟晓晴、晓星长得一样的孩子。

"放心吧,只要他们在这附近,很快就会找到的。"万卡又问小岚,"你说的那幅《天外飞仙》壁画在哪里?我太想看了。"

小岚说:"倪伯伯说,那幅壁画很具研究价值,所以

暂时没有开放给公众参观。我带你去找倪伯伯,让他带我们进去。"

两人往莫高窟洞窟走去,时间尚早,没有游客,走到十七窟外面,小岚情不自禁地停住了脚步。

这里,有着许多她和李大哥、任大哥,还有小云、小吉的难忘回忆。

物是人非,李大哥和任大哥都已经长眠地下了。小岚眼里又充满了泪水。

小岚走进了藏经洞,那里面空荡荡的。两度穿越时空都无法改变历史,失去的最终还是失去了,这令小岚感到揪心的痛。

万卡明白小岚的心,他搂着她的肩膀,说:"别难过,你已经尽过力,已经问心无愧了。"

小岚收拾心情,走出洞窟,突然有人大喊:"小岚!"

是王铭心!

他高兴地说:"昨晚我替倪所长弄好望远镜,就马上回去找你,谁知道你已经走了。我还以为你已经离开莫高窟了呢!"

"我……"小岚又停住了,心想不能告诉他穿越时空

的事，告诉他他也不会相信，于是笑着给他介绍，"这是我朋友万卡。"

王铭心朝万卡伸出手，说："你好，我是王铭心。"

万卡伸出手，说："王先生，你好！"

"万卡？！"王铭心注视着万卡，"我在报纸上看过您的照片，您是乌莎努尔国王万卡！"

万卡笑着说："是的，你好眼力。"

王铭心心情有点激动："我真没想到，自己竟然会和一位国王、一位公主这样面对面地说话。"

万卡笑说："其实国王跟普通人没什么两样。"

王铭心说："您是第一次来莫高窟吗？那就别错过机会了，我带您好好地参观一下。"

万卡说："谢谢。不过，我最想看的是小岚说的那幅壁画，那个跟小岚长得一模一样的小仙女。"

王铭心忙说："没问题。刚好倪所长把钥匙交给我保管了，我马上带你们去。"

一路上，小岚突然想起了什么，她对王铭心说："你们家族背负了一百多年的那块大石头可以放下了。王圆箓道长其实不像传说中那么愚昧、贪婪，开始时，他也曾努

力过，把藏经洞里的部分珍藏送给县令和道台，希望引起重视。可惜那些糊涂官不予理睬，王道长才答应把东西卖给史提芬，而且后来他也觉醒了，最后是史提芬硬把经书抢走的。"

王铭心很惊讶："真的？那为什么后来的记载，都说是他把珍贵的文物卖给了外国人？"

小岚说："因为当时知道外国人抢掠藏经洞的几个人，有的在追赶外国人时不幸遇难，有的……"

"有的怎么啦？为什么不能讲出真相，致使我太太太祖爷爷成为历史罪人？"王铭心追问。

小岚不知怎样回答才好，难道跟他说，有的人去了未来？

"反正，知道真相的人都不在了，所以历史上，一直以为是王道士把藏经洞出卖给外国人的。"

王铭心看着小岚，感动地说："小岚，你真善良。我知道你是为了让我心里好过点，所以才这样说的。既然知道真相的人都不在了，那你怎么可能知道呢？不过，不管怎样，我都很感谢你，谢谢你的好意。"

"不不不，我，唉……"小岚叹口气，只好日后再找机会向他解释了。

说话时,已到了第一百零一洞,那就是藏有《天外飞仙》的地方,王铭心跟守洞的保安打了个招呼,就掏出钥匙打开了门。

"铃——"王铭心的手机响了,他忙把手电筒交给万卡,说,"你们先进去,我打完电话就来。"

小岚带万卡来到了《天外飞仙》的壁画前,万卡一看,惊讶得张大嘴巴,半天合不拢。他看看画,又看看身边的小岚:"天哪,真是不可思议,怎么跟你这样像!这画究竟是谁画的,画的又是谁?"

这时,一直默不作声细细察看壁画的小岚惊叫一声:"天哪,万卡,快看这画家的署名!"

万卡弯下腰,念道:"李翰!"

千真万确,那上面龙飞凤舞地写着两个草书——李翰。

"是李翰画的!天哪,原来是李翰的画!"小岚激动得眼里涌出泪花,"怪不得这画经历八百载仍然色彩不衰,我知道了,因为李翰放了'美是永恒',那是倪院长送给我的、刚刚研制出来的超级保护剂,我去宋代时,把保护剂送给李翰了。啊,倪院长知道后一定很高兴,因为这证明他的试验成功了,不用再花数百年去验证了。"

小岚越说越激动:"记得李翰大哥弥留之际曾跟我说,让我千秋万代守护着藏经洞,原来就是画了一幅能千秋万代保存下去的我的肖像。他……"

小岚突然住了嘴,李翰的话令她隐隐想到了什么……

她的心扑通乱跳,她为自己的猜想而激动得喘不过气。她望向万卡,发现万卡也用异样的眼光看着她。

"万卡,你也想到了……"小岚的声音有点变调。

万卡点点头:"你说,那两天李翰躲在莫高窟里不出来,就是为了把藏经洞掩藏起来,在洞口画上用以遮蔽的画。这幅画应该就是他那时候画的,如此说来,这《天外飞仙》后面……"

"啊!"小岚尖叫起来,"王铭心,王铭心,快请倪院长来这里……"

一个埋藏了近千年的秘密终于揭开了——

经过科学仪器的探查,发现壁画《天外飞仙》后面,是一个隐藏得很深的洞窟。

经过挖掘,一座隐藏了近千年的洞窟,也就是传说中的第二藏经洞被打开了,当人们迈进洞窟时,眼前的景象令他们激动得心脏几乎停顿——一卷卷摆放整齐的、毫发

无损的、金光闪闪的经书，放满了一屋子，那正是当年宋仁宗御赐的金字大藏经，以及无数珍贵经书画册。这里面展现的，比当年王道士发现的第一藏经洞洞藏，不论在完整性、完美性和研究价值上都有过之而无不及……

尾声

丽日蓝天,小岚和万卡一人拿着一束鲜花,来到双子山双子坟前。

两人肃立墓前,闭上眼睛,双手合十,心里在跟长眠地下的李翰和任竹天说着话。

小岚说的是:"两位大哥哥,告诉你们一件大喜事,第二藏经洞已找到了……"

万卡说的是:"两位兄长,谢谢你们用生命保护了我心爱的女孩……"

一阵"啾啾"的鸟叫声惊动了他们。小岚惊讶地看见,在两座拱形的墓上分别站着一只小鸟,小鸟歪着头,

尾声

在朝他们"啾啾啾"地叫着。

小岚一把拉住万卡,惊喜地说:"快看,快看!这一定是李大哥和任大哥的精灵,他们听到了我们的话呢!"

两只小鸟扑簌簌地飞了起来,在墓地上盘旋着。

小岚含着泪喊着:"李大哥,任大哥,是你们吗?"

两只小鸟"啾啾"地叫着,又在他们头上盘旋了几圈,然后拍着翅膀飞走了。

"李大哥,任大哥,再见!"小岚喊着,挥着手。

两只小鸟向着太阳升起的地方,越飞越远,渐渐看不见了。

万卡温柔地拉住小岚的手:"我们回去吧!"

"好!"

两人手拉手,下山了,走到山脚下,突然见到一男一女两个孩子,朝这边走来。

一见他们,两个孩子就撒着欢跑了过来:"原来你们在这里,让我们好找呢!"

"小云!小吉!你们跑哪里去了,担心死我了!"小岚高兴得喊了起来。

男孩惊讶地看着小岚,然后嘟着嘴不高兴地说:"小

岚姐姐,不是吧,才分开几天,你就叫错了我的名字?你一定是交了新朋友,忘了旧朋友了。"

女孩也说:"就是嘛!什么小云、小吉?你看动画片《IQ博士》看多了!"

小岚这才发觉,男孩女孩都是现代打扮:"你们是……"

男孩不满地说:"我们是你的好朋友,晓星和晓晴!"

"啊!"小岚愣住了。

女孩说:"是呀!我们送走了爸爸妈妈,就马上从乌莎努尔坐飞机来这里找你,没想到,你却把我们忘了!"

她噘起了好看的小嘴,一副委屈的模样。

小岚这才知道自己认错人了,他们是如假包换的晓晴、晓星!

她不禁担心起来:究竟小云和小吉到哪里去了呢?